Melanie Milburne
Cautiva de nadie

HARLEQUIN™

Editado por HARLEQUIN IBÉRICA, S.A.
Núñez de Balboa, 56
28001 Madrid

© 2014 Melanie Milburne
© 2014 Harlequin Ibérica, S.A.
Cautiva de nadie, n.º 2341 - 8.10.14
Título original: At No Man's Command
Publicada originalmente por Mills & Boon®, Ltd., Londres.

I.S.B.N.: 978-84-687-4739-2
Depósito legal: M-23654-2014
Editor responsable: Luis Pugni
Impresión en CPI (Barcelona)
Fecha impresion para Argentina: 6.4.15
Distribuidor exclusivo para España: LOGISTA
Distribuidor para México: CODIPLYRSA
Distribuidores para Argentina: interior, BERTRAN, S.A.C. Vélez
Sársfield, 1950. Cap. Fed./ Buenos Aires y Gran Buenos Aires,
VACCARO SÁNCHEZ y Cía, S.A.

Capítulo 1

AIESHA llevaba una semana en Lochbannon sin que la prensa se hubiera hecho eco de su paradero. Y es que, ¿a quién se le ocurriría buscarla en las Highlands escocesas, en casa de la mujer cuyo matrimonio había destrozado diez años atrás?

Era el escondite perfecto, y el hecho de que Louise Challender se hubiera ausentado para visitar a una amiga enferma significaba que Aiesha había tenido la casa a su disposición durante el último par de días. Además, estando como estaban, en lo más crudo del invierno, no había ni un ama de llaves o un jardinero que perturbara su tranquilidad. Una gozada.

Cerró los ojos, echó la cabeza hacia atrás y respiró el aire helado al tiempo que comenzaban a caer copos de nieve. El roce de cada uno de ellos era como una caricia sobre su piel. Comparado con la atmósfera viciada y el ruido incesante de Las Vegas, el aire gélido y sereno de las Highlands era como un elixir que devolvía el entusiasmo a sus agotados sentidos.

Estar sola en aquel lugar donde nadie podía encontrarla le permitía abandonar el escenario y deshacerse del disfraz de vedette en Las Vegas. Allí podía borrar de su rostro la expresión de vampiresa seductora, la que anunciaba a los cuatro vientos que estaba feliz de cantar en un club nocturno porque las propinas eran estupendas y disponía de mañanas libres para ir de compras, tenderse junto a la piscina y someterse a sesiones de bronceado instantáneo.

Allí, en las Highlands, podía relajarse, organizar sus pensamientos, entrar en contacto con la naturaleza, replantearse sus sueños... Lo único que empañaba su felicidad era la perra. A Aiesha no le importaba encargarse de los gatos, unos animales bastante fáciles de cuidar. Bastaba con llenarles el bol de pienso y limpiarles la cubeta de arena, si la tenían. No tenía que acariciarlos ni hacerse su amiga. La mayoría de los gatos eran bastante distantes, algo que a ella le parecía estupendo. Los perros eran diferentes: querían arrimarse, hacerse amigos tuyos, quererte, saber que contigo estaban seguros.

Aiesha miró los límpidos ojos marrones de la perra perdiguera que, sentada a sus pies con devoción de esclava, restregaba la cola contra el manto de nieve.

El recuerdo de otro par de confiados ojos marrones se le clavó en el corazón. Unos ojos que, a pesar de los años que habían pasado, seguían atormentándola. Se subió la manga del abrigo y miró la cara oculta de su muñeca, donde la tinta azul y roja de su tatuaje le recordaba de manera vívida y permanente que había sido incapaz de proteger a su único y mejor amigo. Aiesha tragó el nudo de culpabilidad que se le había formado en la garganta y miró a la perra con el ceño fruncido.

–¿Por qué no sales sola a pasear? Cualquiera diría que necesitas que te enseñe el camino –ahuyentó al animal con un gesto de la mano–. Venga, vete a perseguir un conejo, una comadreja o lo que sea.

La perra continuó mirándola sin pestañear, y emitió un pequeño gemido que parecía decirle: «Ven a jugar conmigo». Aiesha suspiró con resignación y echó a andar en dirección al bosque.

–Venga, chucho estúpido. Pero iremos solo hasta el río. Parece que la nieve va a cuajar esta noche.

James Challender atravesó las verjas de hierro forjado de Lochbannon, que estaban cubiertas de nieve. La aislada finca era espectacular en cualquier estación del año, pero en invierno se convertía en el país de las maravillas. La mansión gótica, con sus torreones y chapiteles, parecía sacada de un cuento de hadas. Detrás, el tupido bosque estaba cubierto de una nieve pura y blanca, y el aire era tan frío y cortante que le quemaba la nariz al respirar.

Las luces de la casa estaban encendidas, lo que significaba que la señora McBain, el ama de llaves, había pospuesto amablemente sus vacaciones para cuidar de Bonnie mientras su madre visitaba a su amiga, que había sufrido un accidente en el desierto australiano. James se había ofrecido a ocuparse del animal, pero su madre le había enviado un apresurado mensaje de texto antes de subir al avión en el que insistía en que todo estaba organizado y no tenía por qué preocuparse. No entendía por qué su madre no llevaba a la perra a una residencia canina, como hacía todo el mundo. Se lo podía permitir. Él se había asegurado de que no le faltara de nada desde que se divorció de su padre.

Lochbannon era un poco grande para una mujer madura y soltera con un perro y unos cuantos sirvientes por toda compañía, pero él había querido darle a su madre un refugio, un lugar que no tuviera nada que ver con la vida que había llevado en el pasado como esposa de Clifford Challender.

Aunque insistió en que la finca estuviera a nombre de su madre, a James le gustaba pasar de vez en cuando una semana en las Highlands y escapar así del ajetreo londinense. Por eso había decidido subir, a pesar de la insistencia de su madre en que la perra estaría bien cuidada.

Era el único lugar en el que podía trabajar sin distracciones. Una semana allí equivalía a un mes en su oficina de Londres. Le gustaban la paz y la tranquilidad que le aportaba estar solo.

Allí podía relajarse, pensar, sacudir de su mente las preocupaciones inherentes a la dirección de una empresa que todavía se estaba resintiendo de la mala gestión de su padre.

Lochbannon era uno de los pocos lugares en los que podía escapar de la intrusión de los medios de comunicación. Las repercusiones de la vida disoluta de su progenitor se habían extendido a su propia vida como una mancha indeleble. Los reporteros estaban siempre tratando de encontrar algo escandaloso en su vida que demostrara su teoría: «De tal palo, tal astilla».

Oyó los ladridos de bienvenida de Bonnie antes de apagar el motor. Caminó sonriente hasta la puerta principal. Había algo confortable y acogedor en el entusiasta recibimiento canino.

La puerta se abrió antes de que tuviera tiempo de meter la llave en la cerradura. Un par de parpadeantes ojos grises le miraron sorprendidos e indignados al mismo tiempo.

–¿Qué demonios haces aquí?

James apartó la mano de la puerta y se quedó inmóvil, como si la nieve que caía tras él lo hubiera congelado. Aiesha Adams. La Aiesha Adams de pésima reputación, belleza letal, atractivo imposible e indómito comportamiento, en persona.

–Me has quitado la pregunta de la boca –le espetó él cuando recuperó el habla.

A primera vista, su aspecto no tenía nada de excepcional. Vestida con un chándal holgado y sin maquillaje, parecía una chica normal y corriente. Pelo color castaño ni corto ni largo, ni liso ni rizado. Una piel despejada y sin arrugas, con tan solo un par de diminutas cicatrices –producto probablemente de la varicela o de un grano infectado–, una en la parte izquierda de la frente y la otra bajo el pómulo derecho. De altura media y complexión delgada, algo fruto de unos buenos genes más que de disciplina personal, en opinión de James.

Durante unos instantes, le pareció que volvía a tener quince años. Pero, al mirarla más detenidamente, advirtió el extraño y perturbador color de sus ojos, que le confería una mirada ahumada, tormentosa, llena de sombras. La forma de su boca tenía la capacidad de dejar a los hombres sin palabras: era suculenta como una fruta madura, puro pecado. Sus labios carnosos y juveniles estaban tan perfectamente delineados que dolía físicamente verlos y no tocarlos.

¿Qué estaba haciendo allí? ¿Habría entrado por la fuerza? ¿Qué ocurriría si alguien descubriera que estaba allí... con él? El corazón de James se aceleró, desbocado. ¿Y si se enteraba la prensa? ¿Y si llegaba a oídos de Phoebe?

Aiesha alzó la barbilla en un gesto que James conocía muy bien y que parecía decir: «No te pases ni un pelo». Su postura transformó su cuerpo de colegiala en el de una lagarta tórrida y desafiante.

–Me ha invitado tu madre.

¿Su madre? James frunció tanto el ceño que empezó a dolerle la frente. ¿Qué estaba ocurriendo allí? Su madre no había mencionado a Aiesha en su mensaje de texto. ¿Y por qué iba a invitar a la chica que tanto dolor le había causado en el pasado? No tenía sentido.

–Un detalle por su parte dadas las circunstancias,

¿no te parece? –preguntó–. ¿Ha guardado bajo llave la plata y las joyas?

Aiesha le lanzó una mirada punzante.

–¿Has venido con alguien?

–No me gusta repetirme, pero me has vuelto a quitar las palabras de la boca.

James cerró la puerta para escapar del gélido aire y, al hacerlo, quedaron envueltos en un ambiente silencioso y demasiado íntimo. Estar en la intimidad con Aiesha Adams era peligroso, fuera cual fuera el sentido que se le diera a la palabra intimidad. No quería ni pensar en ello. Si ya era dañino para su reputación que ambos estuvieran en el mismo país, qué decir de estar solos en la misma casa.

Ella rezumaba sex-appeal. Lo llevaba encima, como si fuera un abriguillo que pudiera ponerse y quitarse cuando le viniera en gana. Cada uno de sus movimientos estaba cargado de seducción. ¿Cuántos hombres habrían caído por ese elástico cuerpo y esa boca de Lolita? Incluso con esa mirada de furia y la barbilla levantada seguía pareciendo una gatita seductora. James sintió la sangre golpeándole las venas y una estremecedora e inoportuna excitación.

Se agachó para acariciar las orejas de Bonnie con el fin de distraerse, y la perra lo recompensó con un gemido y un lametón. Por lo menos alguien estaba contento de verlo.

–¿Te ha seguido alguien hasta aquí? –preguntó Aiesha–. ¿Periodistas? ¿Alguien?

James se enderezó y le lanzó una mirada sardónica.

–¿Estamos escapando de otro escándalo?

Ella apretó los labios y lo miró con el desprecio de siempre.

–No te hagas la tonta. Lo han publicado en todas partes.

¿Habría alguien que no lo supiera? La noticia de su aventura con un político casado norteamericano se había transmitido de manera viral. James lo había ignorado deliberadamente o, al menos, lo había intentado. Pero un reportero sin escrúpulos había sacado a la luz el papel que Aiesha tuvo en la ruptura del matrimonio de sus padres. Solo habían sido dos líneas, que ni siquiera habían publicado todos los medios, pero el disgusto y la vergüenza que él había tratado de olvidar durante los últimos diez años volvían ahora con más virulencia.

¿Qué otra cosa podía esperar? Aiesha era una criatura indomable que atraía el escándalo, y así había sido desde el momento en que su madre la llevó al hogar familiar, rescatándola de las calles de Londres cuando la chica se fugó de casa siendo adolescente. Era una golfilla descarada dispuesta a causar problemas incluso a aquellos que trataban de ayudarla. Su madre ya había sufrido en sus carnes las consecuencias de la conducta vergonzosa de Aiesha, de ahí su perplejidad ante el hecho de que le hubiera permitido quedarse en su casa. ¿Por qué habría invitado su madre a una chica sin escrúpulos que, no contenta con robarle las joyas familiares, había intentado también birlarle el marido?

James se quitó el abrigo y lo colgó en el perchero del recibidor.

–Por lo que veo, los hombres casados son tu debilidad.

Sintió la mirada gris clavándosele entre los omoplatos y de pronto se le aceleró el pulso. Le excitaba ponerla nerviosa. Él era la única persona ante la cual ella no podía ocultar su verdadero yo. Era un auténtico camaleón que cambiaba de aspecto en función de sus intereses. Cuando le convenía desplegaba todos sus encantos, engatusaba a su siguiente víctima y se deleitaba en el juego de hacerse con otro corazón... y otra cartera.

Pero él era inmune. Le había visto el plumero desde el principio. Por más que hubiera conseguido deshacerse de su acento del este de Londres y de la ropa de grandes almacenes, por dentro seguía siendo una carterista cuyo objetivo era medrar en la vida a base de acostarse con quien fuera. Su última víctima era un senador americano cuya carrera y matrimonio se estaban desmoronando en consecuencia. La prensa había captado el momento en que Aiesha salía de la habitación que el senador ocupaba en un hotel de Las Vegas donde ella cantaba por las noches.

—Nadie debe saber que estoy aquí —dijo—. ¿Me entiendes? Nadie.

James dispuso cuidadosamente las mangas del abrigo y se dio la vuelta. Ella siguió mirándolo con odio, pero había algo más en sus ojos. ¿Incertidumbre, o tal vez miedo? Fuera lo que fuera, se apresuró a disimularlo. Alzó la barbilla y frunció sus carnosos labios.

A James siempre le había fascinado esa boca jugosa y deseable. Una boca hecha para el sexo, la seducción y el pecado. Casi le pareció sentir esos labios cerrándose sobre su piel, lo que le provocó un temblor en las rodillas. Sofocando un traicionero estremecimiento de deseo, se obligó a dejar de pensar en su boca, en su cuerpo y en la lascivia que ardía en su interior.

—Nadie te va a encontrar aquí porque te vas a marchar.

Ella lo siguió al cuarto de estar. Sus pies descalzos se deslizaban por la alfombra persa, que amortiguaba sus pisadas de leona al acecho.

—No puedes echa[...]
tuya.

Cruzó los brazos a[...]
mismo aspecto de adole[...]
de hacía una década. S[...]
años.

Él la miró de arriba ab[...]
cionara un artículo barato [...]
la más mínima intención d[...]

—Haz las maletas y sal d[...]

Ella entornó los ojos como una gata salvaje enfrentándose a un lobo.

—No pienso marcharme.

A James le hirvió la sangre en las venas y sintió en las ingles los rescoldos de un fuego que nunca había llegado a apagarse. Se odió a sí mismo por ello. Era una muestra de debilidad que le reducía a la altura de un animal salvaje sin otro instinto que el de aparearse con la primera hembra dispuesta y disponible. Pero él no estaba cortado por el mismo patrón barato que su padre. Él era capaz de controlar sus impulsos. Aiesha había tratado de seducirlo hacía diez años, pero no había mordido el anzuelo. Y tampoco iba a hacerlo ahora.

—Estoy esperando a alguien –anunció.

—¿Quién?

—La mujer con la que voy a casarme viene a pasar el fin de semana. Y tú sobras.

Ella soltó una estruendosa carcajada e incluso se sujetó los costados como si lo que acababa de oír fuera el chiste más divertido que jamás le hubieran contado.

—¿Me estás diciendo que le has pedido matrimonio a esa heredera estirada y engreída que no hace otra cosa que gastarse el dinero de papá en la High Street?

...nó los dientes con tanta fuerza que temió
...ría el resto de su vida comiendo con pajita.
...oebe patrocina varias organizaciones benéficas
...osas.

Aiesha seguía con la risa tonta de colegiala traviesa
y James se puso tenso. Qué típico de ella carcajearse de
la decisión más importante de su vida. Había escogido
a su futura esposa tras pensarlo mucho. Phoebe Trentonfield tenía dinero propio, lo que le aseguraba que no
era una cazafortunas. Encontrar una novia que lo quisiera por su persona y no por su dinero era algo que le
había resultado muy difícil a lo largo de su vida adulta.
Era la primera condición que buscaba en una mujer. Tenía treinta y tres años y quería establecerse, crear un hogar estable como el que había creído tener hasta que las
aventuras de su padre salieron a la luz. Quería que su
madre disfrutara de la experiencia de ser abuela. Quería
una mujer que se contentara con desempeñar el papel de
esposa tradicional mientras él se dedicaba a reconstruir
el imperio Challender que su padre había dilapidado alo-
cadamente. Deseaba una vida estable y previsible, sin
caos ni escándalos. Su padre era impulsivo, pero él no.
Él sabía lo que quería y contaba con la determinación y
la fuerza de voluntad para conseguirlo y conservarlo.

Aiesha lo aguijoneó con la mirada.

—¿Qué va a decir cuando descubra que estás aquí
conmigo?

—No va a descubrir nada porque tú te vas a largar a
primera hora de la mañana.

Ella proyectó hacia delante una de sus caderas, en ade-
mán de modelo, mientras sus labios se combaban en una
sonrisa burlona.

—Así que no vas a ser tan malo como para darme una
patada en el trasero y lanzarme a la nieve esta noche...

Si por él fuera, la enterraría bajo la nieve a tres metros de profundidad. Así no tendría la tentación de tocarla. Y cuanto menos pensara en su pequeño y curvilíneo trasero, mejor.

¿Cómo se las iba a apañar para sacarla de allí? No podía echarla a esas horas de la noche, con las carreteras tan resbaladizas y peligrosas. Hasta a él le había costado trabajo llegar a la casa desde la carretera. Había un motel en el pueblo de al lado, pero cerraba durante la temporada de invierno. El hotel más cercano estaba a media hora de allí; en esas condiciones meteorológicas, a una hora.

–¿Tiene cadenas tu coche? –preguntó.

–No he venido en coche. Tu madre me recogió en el aeropuerto de Edimburgo.

¿En qué estaba pensando su madre? Aquella situación se volvía más absurda por momentos. No tenía ni idea de que su madre hubiera mantenido el contacto con Aiesha a lo largo de esos años. ¿En qué estaba pensando al meter a la hija del diablo de nuevo en sus vidas?

¿Era todo aquello una trampa? ¿Una broma de mal gusto?

–Está bien, te llevaré de vuelta al aeropuerto a primera hora de la mañana –anunció–. Tus días de cuidadora de casa y perro han terminado.

Ella se le acercó con movimientos seductores y deslizó el dedo por uno de los tendones blanquecinos que se le habían formado al cerrar con fuerza los puños.

–Relájate, James. Estás muy tenso. Si necesitas una válvula de escape para tanta presión... –dijo haciendo aletear sus larguísimas pestañas– no tienes más que llamarme, ¿vale?

James soportó sin desfallecer la sacudida eléctrica que le provocó el roce su piel. Resistió las ganas de mirar su boca, donde la punta de su rosada lengua había dejado un rastro húmedo y brillante. Se prohibió a sí mismo empujarla contra la pared más cercana y dar rienda suelta a su lujuria haciendo lo que siempre había querido hacerle. Cada una de las células de su cuerpo vibraban de deseo y le ponía enfermo sospechar que ella lo sabía.

—Apártate de mi vista, maldita sea.

Sus ojos brillaron, pícaros.

—Me encanta que me hablen en ese tono —dijo impostando un escalofrío que agitó sus senos bajo el jersey—. Me excita muchísimo.

James cerró los puños con tanta fuerza que le dolieron las articulaciones.

—Te quiero lista a las siete. ¿Entendido?

Ella le dedicó otra sonrisa seductora que le abrasó la entrepierna.

—No te desharás de mí tan fácilmente. ¿No has oído el parte meteorológico esta noche?

A James le invadió el pánico. Lo había escuchado en el coche media hora atrás, pero en ese momento le sedujo la idea de quedarse atrapado por la nieve unos días. Así podría dar los últimos retoques a los bocetos del proyecto Sherwood antes de que Phoebe llegara para el fin de semana.

Miró a Aiesha con un odio tan intenso que le ardieron los ojos.

—Lo tenías todo planeado, ¿verdad?

Ella sacudió su melena castaña sobre uno de sus hombros y volvió a soltar una carcajada.

—¿Crees que tengo tanto poder como para manipular el tiempo a mi antojo? Me halagas, James.

Él contuvo el aliento mientras ella avanzaba hacia las escaleras balanceando las caderas. El deseo carnal rugió dentro de su cuerpo, pero no estaba dispuesto a dejarla ganar. Aunque la nieve los dejara atrapados durante un mes, él resistiría. No iba a rendirse ante ella. De ninguna de las maneras.

Capítulo 2

AIESHA se apoyó contra la puerta de su dormitorio y dejó escapar un largo y arrítmico suspiro. Su corazón latían tan agitadamente como una bandera mal atada sometida a los embates de un viento huracanado. Aquello no podía estar ocurriendo.

James Challender era algo más que un imán para la prensa: era pegamento. Allá donde él fuera, los periodistas iban detrás, y con más razón si se habían enterado de su inminente compromiso. Era uno de los solteros de oro de Londres, el partidazo por excelencia. Todas las mujeres de menos de cincuenta años suspiraban por él. Era zalamero y sofisticado, pero carecía de las maneras de playboy de su padre. Era más bien el típico empresario moderno sexy y elegante. En un abrir y cerrar de ojos, su santuario se vería invadido por cientos de periodistas y cámaras entrometidas deseando obtener una primicia.

La encontrarían, la descubrirían y la ridiculizarían.

El escándalo del que había tratado de escapar llamaría directamente a su puerta. El sentimiento de vergüenza al verse en el centro de un asunto tan sórdido no era nuevo para ella. Se había pasado la vida atrayendo escándalos, provocándolos, deleitándose en ellos por la atención que le procuraban y que compensaba la falta de cariño que había sufrido de niña.

Pero se suponía que esa faceta de su vida había terminado. Quería dejarla atrás y seguir adelante con su vida. Se suponía que conocer a Antony Smithson, también conocido como Antony Gregovitch, iba a brindarle su primer gran éxito profesional. La posibilidad de dejar el ambiente de los clubes nocturnos y conseguir el contrato discográfico con el que había soñado desde que de pequeña cantaba, cepillo en mano, frente a un espejo lleno de manchas en un piso de protección oficial. Pero, en lugar de ello, descubrió que no era productor musical. La había mentido desde el momento en que se sentó a escucharla cantar. Empezó a ir todas las noches, hablaba con ella en los descansos, la invitaba a copas, le decía que tenía una voz preciosa y mucho talento. Ella, inocente, se lo creía todo y se deleitaba en las alabanzas.

Eso era lo que más rabia le daba: no haberle visto el plumero. ¿Cómo podía haber sido tan ingenua teniendo en cuenta que había crecido rodeada de granujas y timadores? Antony no había resultado ser el príncipe maravilloso que la iba a librar de tener que cantar para un público demasiado borracho como para escuchar siquiera la letra de sus canciones. Era un hombre casado y padre de familia que buscaba a escondidas un poco de diversión barata.

Ahora la estaban retratando como una destrozahogares sin corazón, y su oportunidad de demostrar que era mucho más que una simple cantante de piano bar se había desvanecido. No tenía contrato discográfico. Ni siquiera tenía trabajo. Gracias a la campaña de difamación emprendida por la mujer de Antony, ningún club de Las Vegas, y posiblemente del mundo entero, la contrataría en esos momentos.

Y ahora tenía que vérselas con James *Todopoderoso* Challender.

A pesar de todo, Aiesha no pudo evitar esbozar una sonrisita de autocomplacencia. Sabía exactamente cómo pincharle. Había practicado sus tácticas con él cuando tenía quince años. James hacía gala de un mayor auto-control que el despreciable de su padre, pero lo odiaba tanto como a este. Odiaba a todos los hombres, espe-cialmente a los millonarios convencidos de que podían tener a quien quisieran con tan solo abrir la billetera. Desde el punto de vista sexual no estaban del todo mal, eran bastante útiles para divertirse un poco de vez en cuando. Pero como personas no valían para nada. Nunca había conocido a ninguno a quien respetara como per-sona. Todos los hombres en su vida la habían decepcio-nado, engañado, traicionado o explotado.

James Challender pensaba que podía controlarla, pero ella no se iba a marchar de Lochbannon solo por-que él se lo ordenara. Su madre le había dado permiso para quedarse el tiempo que quisiera, y no iba a dejarse mangonear por un estirado cuyo vocabulario no incluía las palabras diversión y espontaneidad. Era un adicto al trabajo, estricto y puntilloso, que se ponía de los nervios si los cojines del sofá no estaban perfectamente alinea-dos. En cuanto a la que llamaba su prometida... menuda idiota. Se merecían el uno al otro. Phoebe Comosella-mara no hacía más que sonreír neciamente a las cáma-ras, exhibiendo su sonrisa perfecta de anuncio de pasta de dientes, su ropa perfecta, su tipo perfecto, mientras que sus padres, igualmente mimados y perfectos, infla-ban su fondo fiduciario.

Menuda sinvergüenza.

Aiesha tamborileó los dedos contra sus labios. Puede que hubiera una manera de hacer que este problemilla inesperado jugara a su favor. ¿Por qué iba nadie a creer que había tratado de hincarle las garras a un político viejo y casado de Las Vegas cuando un hombre tan estupendo como James Challender estaba enclaustrado con ella una semana en las Highlands?

Tomó su móvil con una sonrisa traviesa en los labios.

«Twitter, allá voy».

James no consiguió hablar con su madre, pero le dejó un mensaje en el móvil. Un mensaje adusto sermoneándola acerca del peligro de alojar en casa a una fulana deseosa de ser noticia que seguramente les robaría la plata o montaría una fiesta loca en su ausencia dejándolo todo hecho un asco.

Se llevó la mano al cuello y se masajeó un nudo del tamaño de una pelota de golf mientras observaba la continua caída de la nieve por la ventana de la biblioteca. Por una vez, los meteorólogos habían acertado de pleno. Estaba nevando mucho y marcharse en ese momento o, peor aún, hacerlo a la mañana siguiente, sería una locura.

Dejó caer la mano junto a su costado, suspirando con fuerza. Gracias a Dios, nadie sabía que estaba allí con Aiesha. Todavía. Había consultado en su móvil si alguien le había seguido los pasos, pero de momento nadie lo había hecho. El escándalo de Las Vegas seguía generando comentarios, la mayoría de ellos criticándola por destrozar la carrera y el matrimonio de un hombre perfectamente respetable. Algunos comentarios le parecieron algo excesivos. ¿O es que acaso el hombre en cuestión no tenía parte de responsabilidad?

Pero entonces pensó en la actitud provocativa que ella había adoptado en el piso de abajo. Aquella chica era tan endemoniadamente tentadora que hasta al más casto de los monjes le costaría resistirse. Todavía sentía los perturbadores efectos de la lujuria que se había desatado en su interior. A ella le divertía provocar y seducir; lo hacía por pura afición. Era un juego que ganaba el que tuviera más fuerza de voluntad. Él había ganado la batalla diez años atrás. Se enorgullecía de su resistencia, pero por aquel entonces ella era tan solo una niña. Ahora era adulta y el doble de peligrosa. Había tenido años para perfeccionar sus malas artes.

James abrió y cerró los puños varias veces. Todavía le abrasaba la piel que ella había tocado y no podía hacer nada para calmar la quemazón. Nunca se había considerado un hombre hedonista y dado a los placeres sensuales. Le gustaba el sexo, pero había algo en él que encontraba perturbador. Le incomodaba la intimidad y el descontrol inherentes al sexo. La idea de sentirse vulnerable y bajo la merced de otra persona le turbaba, por lo que siempre mantenía su pasión bajo un rígido control. No era en absoluto un mojigato, pero le inquietaba la idea de dar rienda suelta a sus instintos básicos sin pensar en las consecuencias. Como hacía su padre, por ejemplo, que se veía con una mujer inapropiada tras otra. Su última relación rozaba los límites de la ilegalidad: otra aspirante a estrella en busca de un amante viejo y ricachón con el que correrse unas buenas juergas. La superficialidad de su padre era para él una fuente constante de irritación y vergüenza. Odiaba que la gente los equiparara solo porque se parecieran físicamente.

Él tenía iniciativa y ambición, algo que le faltaba a su progenitor. Era disciplinado y tenía las metas claras; se preocupaba por la empresa y sus empleados. El trabajo duro y la responsabilidad no eran términos que James asociara con su padre. Heredero de una gran fortuna, que se apresuró a dilapidar en cuanto pudo disponer de ella, Clifford Challender había vaciado las arcas y destruido la reputación del imperio de la arquitectura que el abuelo de James se había esforzado tanto en construir.

Ahora era James el que tenía el mando y no iba a dejarlo hasta situar a la empresa donde pertenecía, en la lista de los diez mejores estudios de arquitectura del país.

El proyecto Sherwood era un factor fundamental en la conquista de dicho sueño. La remodelación de las casas en Londres y París del multimillonario Howard Sherwood no era nada comparado con los proyectos que otros hombres de negocios poderosos y bien conectados podrían encargarle a James. Si conseguía este contrato, estaría más cerca de su sueño: diseñar viviendas ecológicas de lujo en parques naturales cuidadosamente seleccionados. El dinero no era su única motivación. El proyecto se amoldaba a sus valores como arquitecto. Deseaba dejar un legado de edificios que realzaran los entornos en los que estaban construidos, en lugar de explotarlos, degradarlos o devastarlos. Esto, además, le serviría para demostrar que no tenía nada que ver con el gandul derrochador que era su padre.

Bonnie, echada a sus pies, levantó su dorada cabeza de la moqueta y gimió con suavidad.

—Quieres salir, ¿verdad, preciosa? —le preguntó—. Vamos allá. Parece que tu canguro te ha abandonado.

La nieve le llegaba ya hasta las pantorrillas y el viento soplaba con fuerza. Afortunadamente, la perra no tardó mucho en hacer sus necesidades. James se sacudió la nieve de los hombros y volvió a entrar en la casa por la puerta trasera que llevaba a la cocina.

Se le erizó el vello de la nuca cuando vio a Aiesha apoyada indolentemente en la encimera de la cocina, haciendo un mohín burlón con sus carnosos labios.

–Supongo que no esperarás que te haga la cena.

–Jamás te pondría en la incomodísima situación de tener que hacer algo por otra persona.

James abrió el frigorífico e inspeccionó su contenido. Estaban los sospechosos habituales: huevos, yogur, leche, queso, verduras en el cajón de abajo y la carne para Bonnie en un recipiente de plástico.

–Ahora que estás aquí, puedes darle de comer a la perra –dijo Aiesha–. Y sacarla a pasear. Yo no pienso congelarme solo porque ese chucho gordo tenga que salir a hacer pis cada cinco minutos.

Él cerró la puerta de la nevera y la miró.

–¿Y cómo piensas ganarte la comida y el techo?

Los ojos grises de Aiesha resplandecieron.

–¿Alguna sugerencia?

Aquella incitadora mirada hizo que un torrente de sangre se le acumulara en la entrepierna. Se imaginó a sí mismo sacudiéndose contra ella, embistiéndola. Apretó los dientes, luchando contra el deseo que lo invadía cada vez que sentía su proximidad. Ella sabía el efecto que tenía sobre él. Lo sabía y se deleitaba en él. Se preguntó si no habría dejado de ser un juego para convertirse en una táctica con el fin de deshacerse de él. Cuanto más lo pensaba, más plausible le parecía. Ella se había escondido de la prensa en el único sitio donde nadie la buscaría, y la llegada de él había comprometido la seguridad de su refugio.

Le tenía manía a los periodistas, especialmente desde que las aventuras de su padre mancharan lamentablemente el apellido familiar. Además él mismo había sido el objetivo de la prensa a lo largo de los años. Había salido en las páginas de cotilleo más veces de lo deseable, si bien eso estaba asociado a su condición de uno de los solteros más codiciados de Gran Bretaña. El anuncio de su compromiso despertaría gran interés hacia su persona, algo que a Aiesha le convenía evitar mientras estuviera refugiada allí con él.

—¿Crees que me liaría con una fulana barata como tú? —preguntó James, despectivo.

Ella lo miró de arriba abajo con ojos humeantes, deteniéndose a la altura de su entrepierna durante unos electrizantes segundos, antes de volver a lanzarle una mirada burlona. Le mostró el teléfono que sostenía en la mano y tamborileó sus delgados dedos en la pantalla.

—Quizá sería buena idea que hablaras con tu prometida y que le contaras dónde y en qué compañía estás antes de que se entere por otros medios.

James sintió que se le erizaba el pelo de la cabeza desde la raíz, como si unos duendecillos invisibles estuvieran tirando de él. Pero, antes de que pudiera abrir la boca, su teléfono empezó a sonar. Lo sacó del bolsillo y, al ver la imagen de Phoebe en la pantalla, le dio un vuelco el estómago.

—Hola, Phoebe, estaba a punto de...

—¡Eres un malnacido!

—No es lo que piensas —dijo, tratando de improvisar una explicación sin demasiado éxito—. Es prácticamente mi hermana adoptiva. Mi madre estaría aquí si no fuera porque ha tenido que marcharse a...

—¡Por el amor de Dios, no me tomes por una completa idiota! Lo han publicado en todos los medios sociales. Estás liado con una... —el tono de voz de Phoebe reflejaban a las claras el asco y la incredulidad que sentía— ¿«cantante de club nocturno de Las Vegas»?

James parpadeó. El corazón le latía con fuerza mientras su frente se cubría de un sudor acre y caliente. Pensó en el proyecto Sherwood: las difíciles negociaciones que había llevado a cabo para obtener el proyecto, las horas, semanas y meses de duro trabajo no servirían de nada si el ultraconservador Howard Sherwood se enteraba de todo aquello antes de que él pudiera explicar las circunstancias.

–Escucha, puedo explicártelo to...

–Se acabó –dijo Phoebe–. Y no pienses que habría aceptado si alguna vez me hubieras propuesto matrimonio. Papá tenía razón cuando decía que la manzana nunca cae lejos del árbol, y tu árbol genealógico está podrido. Eres igual que el asaltacunas de tu padre. No quiero arrastrar mi apellido por el fango. Adiós.

Y sin más, colgó.

James agarró el teléfono con tanta fuerza que pensó que o bien la pantalla o bien sus dedos acabarían rompiéndose. Posiblemente ambos. Se fijó en la sonrisa de Aiesha, que parecía decirle: «Pío, pío, que yo sí he sido». Una bruma de cólera empañó su visión y tuvo que parpadear un par de veces para eliminarla.

–¡Eres una sinvergüenza manipuladora! –gritó–. ¿Qué demonios has hecho?

Ella le puso morritos.

–Esa no es manera de dirigirte a tu nueva amante, ¿no te parece?

James apretó los dientes con tanta fuerza que el ruido reverberó en su cabeza como un portazo.

–Nadie lo creerá ni por un momento.

Al menos, eso esperaba.

Aiesha volvió a sacar su teléfono y se puso a leer en voz alta sus *tweets*.

–«¡Enhorabuena! Ya era hora; siempre supe que JC bebía los vientos por ti» –lo miró con cara de niña mala–. ¿Quieres saber cuántos *retweets* llevo por ahora?

James se dio la vuelta y se pasó la mano por el pelo. ¿Qué podría hacer para que la gente se olvidara de aquello? Todos los habitantes de Londres, y del resto del planeta, estarían carcajeándose de su elección: una cantante de piano bar con pinta de zorrupia que se acostaba con cualquiera con tal de medrar socialmente. Todo el mundo estaría pronunciando las palabras que tanto odiaba: de tal palo tal astilla.

Aunque bien pensado... Quizá había una manera de darle la vuelta a la tortilla. Él quedaría fatal si su «relación» era vista como una simple aventura. Si no reaccionaba con rapidez, todo el mundo lo compararía con su padre. Pero... ¿y si su relación con Aiesha fuera un poquito más seria?

James volvió a sacar su teléfono, redactó rápidamente un *tweet* y pulsó el botón de enviar antes de tener la oportunidad de arrepentirse. Podría funcionar. Tenía que funcionar, por el amor de Dios.

—¿Qué estás haciendo? —preguntó ella—. No te puedes retractar. Es demasiado tarde; se ha propagado viralmente.

—No pensaba hacerlo —dijo él devolviéndole la sonrisa al tiempo que se metía el teléfono en el bolsillo—. Enhorabuena, Aiesha. Estás prometida.

Capítulo 3

¿**P**ROMETIDA?
Aiesha ocultó la sorpresa que le causaba su contraataque tras su característica actitud de insolente de vuelta de todo.

–¿Y me vas a dar un anillo de diamantes bien grande y vistoso?

La sonrisa de James se desvaneció y sus ojos brillaron de indignación.

–Eres la última persona sobre la tierra a la que pediría en matrimonio, y lo sabes muy bien. Tú fuiste la que empezó este lío, ahora atente a las consecuencias. Seguiremos prometidos hasta que la prensa pierda interés. Le doy un par de semanas como máximo.

Aiesha dobló los brazos a la altura del pecho, propulsando sus senos hacia arriba y dejando al descubierto una generosa parte de su escote. Le divertía ver cómo él trataba de mantener la mirada por encima del busto. Era un estirado, pero ella sabía que bajo esos pantalones impecablemente planchados con raya latía un hombre de sangre caliente en la flor de la vida.

–¿Cuánto me vas a pagar por participar en esta farsa? A estas alturas ya deberías saber que yo no soy el tipo de chica que hace nada gratis; ni siquiera por... –guiñó el ojo mientras hacía el signo de las comillas con los dedos– la familia.

Él frunció el ceño, furioso.

—¿Es que no tienes vergüenza?

Aiesha soltó una carcajada al oír esa expresión, tan propia de un director de colegio, porque sabía que le fastidiaría. Le gustaba pincharle. Siempre había sido tan serio y disciplinado... Le divertía verle tratando de controlar su mal genio. Y estaba verdaderamente furioso con ella. Parecía dispuesto a zarandearla hasta que se le cayeran todos los dientes y rodaran por el suelo como canicas.

Pero en el ambiente se respiraba algo más que ira. Algo que Aiesha sentía reverberando en su propio cuerpo. Tomó consciencia de todas y cada una de sus zonas erógenas, y un calor líquido le recorrió los muslos al imaginar esas manos crispadas relajándose lo suficiente como para acariciar su piel, esos dedos grandes y masculinos rozando sus pezones duros como piedras, jugueteando con los frunces de la piel hasta hacerla jadear de placer. Miró sus labios, que formaban una fina línea. Siempre se había preguntado cómo sería esa boca desprovista del rictus de desaprobación, suavizada por la pasión, uniéndose a la de ella con lascivia y desesperación, abriéndose paso con la lengua para arrasarla.

Aiesha contuvo un escalofrío involuntario. No le convenía dejarse dominar por la pasión. Al contrario que la mayoría de las mujeres, ella siempre había sido capaz de separar el sexo de los sentimientos. Se entregaba al sexo sin inhibiciones, pero solo con su cuerpo; su cabeza y su corazón estaban en otra parte. Su cuerpo tenía necesidades y ella las satisfacía cuando había oportunidad.

Pero algo le decía que una relación física con James Challender no era buena idea. No sabía decir por qué exactamente, pero sospechaba que, si traspasaba los límites y se acostaba con él, le entregaría algo más que su cuerpo. Nadie tenía acceso a su corazón y quería que siguiera siendo así.

—¿Desde cuándo estás en contacto con mi madre? —preguntó taladrándola con los ojos.

Aiesha le sostuvo la mirada alzando la barbilla, desafiante.

—Me escribió al año siguiente de divorciarse de tu padre.

Él enarcó las cejas.

—¿Lleváis en contacto todo ese tiempo?

—Intermitentemente.

—Pero... ¿por qué?

A Aiesha le había sorprendido esa primera llamada de Louise ocho años atrás. Ahora que era algo más madura, se daba cuenta de lo mal que se había portado con la única persona que le había demostrado auténtico cariño.

Louise Challender siempre había querido una hija; era el tipo de mujer que debería haber tenido una prole numerosa a la que amar y proteger. Pero, después de James, no pudo tener más hijos. Esto causó problemas en su matrimonio con Clifford, si bien este no era el tipo de hombre que hubiera sido buen padre de una caterva de chiquillos. Era demasiado inmaduro y egoísta, como un niño mimado que ve todos sus deseos concedidos y espera que todo vaya siempre a su gusto. Aiesha se había dado cuenta de ello en el momento en que Louise se lo presentó después de rescatarla de la calle, donde había estado viviendo desde que su padrastro la echó de casa una semana después de que su madre muriera de una sobredosis de heroína. Ella se había negado a ocupar el lugar vacío que su madre había dejado en la cama, así que la echó, no sin antes cometer un acto de abominable crueldad que todavía, años después, le provocaba pesadillas. Ojalá se le hubiera ocurrido sacar a Archie de la casa primero. Ojalá, ojalá, ojalá...

Ver cómo estrangulaba hasta matar a su querido perro enfrente de ella había destruido su fe en el ser humano. Archie solo había gañido una vez, pero ese aullido todavía le quitaba el sueño.

Aiesha parpadeó tratando de borrar la escena de su cabeza. Ya no era una niña indefensa; ahora era ella la que tenía el control y no permitiría que ningún hombre se aprovechara de ella.

Puede que Clifford Challender llevara ropa a medida y hablara con acento aristocrático, pero, en el fondo, era igual que el cruel y despreciable de su padre, que además era camello. Le bastó estar a solas con él cinco minutos en su despacho para organizarlo. Lo planeó hasta el más mínimo detalle. Acordaron encontrarse en un hotel de la parte oeste de Londres para «comenzar» su aventura. Clifford mordió el anzuelo, como ella imaginaba, mientras la prensa aguardaba fuera para cazarlo in fraganti. Ahora, al volver la vista atrás, le entristecía que Louise hubiera sufrido con todo aquello.

Aunque nunca le contó a Louise, ni a ninguna otra persona, lo traumatizada que estaba desde la última vez que vio a su padrastro; con el tiempo, acabó comprendiendo por qué se había portado como lo hizo. Estaba tan furiosa por la injusticia cometida contra el pobrecito Archie que entró en el hogar de los Challender con la única intención de causar estragos. Como un animal herido, arañó y mordió la mano que trataba de confortarla y alimentarla.

Aiesha se disculpó ante Louise tiempo después y por un acuerdo tácito ninguna de las dos había vuelto a mencionar el tema. Si Louise seguía enfadada o le guardaba rencor, desde luego, no se le notaba. Al contrario,

Aiesha tenía la impresión de que Louise estaba mucho más contenta desde que se había liberado de las ataduras de un matrimonio que llevaba años renqueando y que se mantenía unido con el único fin de mantener las apariencias.

Pero el resentimiento de James era distinto. Él nunca le perdonó que pusiera a su familia en el ojo del huracán. Embriagada por las ganas de venganza, Aiesha vendió su historia a los medios de comunicación. No lo hizo solo por el dinero, aunque este no le vendría nada mal hasta que tuviera edad de buscarse la vida, sino para demostrar al mundo que no estaba dispuesta a ser ninguneada o silenciada por ser de clase humilde.

En el sector de la arquitectura, el impacto de este asunto en el nombre Challender fue catastrófico. En ese momento, a ella le trajo sin cuidado el impacto que sus acciones pudieran tener en James, que fue mayúsculo. Al igual que su padre, perdió clientes, tanto existentes como potenciales, y hasta el año anterior no había conseguido reparar los efectos del escándalo.

No le extrañaba que la odiara. Ni que no entendiera por qué su madre había estado en contacto con ella, aunque fuera esporádicamente, y mucho menos por qué la había invitado a quedarse en su casa todo el tiempo que quisiera. Aiesha tampoco lo entendía.

—Tu madre no es de las que guarda rencores. Al contrario que alguien que yo me sé, está dispuesta a olvidar el pasado.

—Mi madre es tonta por dejarse camelar por ti otra vez. No has cambiado nada, sigues siendo una cazafortunas vagabunda y manipuladora, como demuestra el hecho de que me pidas dinero a cambio de actuar como mi prometida.

Aiesha echó la cabeza hacia atrás con insolencia.

–O lo tomas o lo dejas, James. Es tu reputación la que está en peligro, no la mía. Yo no tengo nada que perder.

Las manos de James se cerraron, crispadas. Al lado perverso de Aiesha le excitaba verlo a punto de perder la compostura de la que él tanto se vanagloriaba. Quería demostrar que era igual que el resto de los hombres con los que se había tratado a lo largo de su vida. Había crecido rodeado de bandejas y cuberterías de plata, dormido en sábanas de seda y de satén, pero detrás de su actitud flemática y recatada bullía una pasión primaria y elemental como la de cualquier hombre sexualmente maduro.

Él la taladró con sus ojos azules y apretó los labios con fuerza.

–¿Cuánto?

Aiesha pensó en la casita de campo que ambicionaba tener desde que era pequeña, cuando vivía en pisos de protección oficial de paredes tan finas como papel de fumar. Siempre había soñado con un lugar rodeado de flores, prados y bosques, donde reinara la paz y la tranquilidad y no los gritos, las blasfemias y las reyertas. Un lugar sin chulos, sin drogas, sin violencia. Soledad. Seguridad.

Mencionó una cifra que hizo que James casi cayera redondo al suelo.

–¿Cómo? –preguntó, furioso.

Ella cruzó los brazo, implacable.

–Ya lo has oído

–¡Estarás de broma!

–No.

–Esto es ridículo –dijo tosiendo, incrédulo–. ¿De verdad estoy teniendo esta conversación?

–¿Quieres que te pellizque?

Él se apartó rápidamente y sostuvo una mano en alto como estableciendo una barrera entre ellos.

–No me toques.

Aiesha se acercó a él sonriendo. Era excitante tener tanto poder sexual. ¿Por qué no divertirse un poco para pasar el tiempo? Él siempre había figurado en sus fantasías. Ahora podría hacerlas realidad.

Pasó perezosamente la punta del dedo por el nudo de su corbata, cuidadosamente anudada al estilo Windsor, cerca de donde el pulso latía como un pistón bajo la piel bronceada y perfumada de su cuello. Aspiró un aroma a cítricos y a algo embriagador que no supo identificar.

–¿De qué tienes miedo, niño bien? –sus dedos se deslizaron a lo largo de la corbata, como si fuera un gato travieso jugueteando con la cola de un ratón–. ¿De que esta vez te resulte irresistible?

Oyó cómo él cerraba la mandíbula y apretaba los dientes. Durante una milésima de segundo, miró sus labios con ojos ardientes.

–Soy capaz de resistirme –pronunció con voz ronca y profunda.

Aiesha observó los poros oscuros por donde rebrotaba el vello alrededor de su boca y su barbilla. Tenía una boca firme y rotunda, con un labio superior nítidamente esculpido y otro inferior relleno, carnoso, cargado de promesas sensuales. Sintió que algo se desataba en su interior, como una cinta de satén desprendiéndose de su bobina.

De repente, el juego se había vuelto peligroso.

La batalla de voluntades que había estado tan segura de ganar había cambiado de signo. Lo supo en el momento infinito en el que la mirada de James volvió a posarse sobre su boca, provocando dentro de ella una reacción visceral, una descarga de lujuria que le hizo perder el equilibrio. Se pasó la lengua por los labios en un intento de calmar la burbujeante sensación que estaba transformándose rápidamente en dolor. Su aliento, cálido y con un ligero aroma mentolado, rozó la superficie de sus labios a medida que, centímetro a centímetro, milímetro a milímetro, él acortaba la distancia que los separaba. Notó que empezaba a faltarle el aire, como si el espacio que rodeaba sus pulmones estuviera ocupado por algo ingente y sofocante. Se puso de puntillas y cerró los ojos, esperando ese embriagador contacto...

Sus ojos se abrieron súbitamente al notar que él había dado un paso atrás. Su expresión era tan hierática y solemne como el papel de la pared que tenía detrás.

—Haré una transferencia a tu cuenta en cuanto redacte un contrato.

Ella enarcó las cejas.

—¿En qué términos?

—Si hablas con la prensa de lo que no debes tendrás que devolverme el importe total con un veinte por ciento de interés.

Aiesha frunció los labios.

—El veinte por ciento me parece demasiado. Que sean diez.

—Quince.

—Cinco, o le digo a la prensa ahora mismo que estamos viviendo una aventura que acabará en cuanto se derrita la nieve.

Su mandíbula vaciló brevemente antes de asentir con brusquedad. Ella no supo interpretar si asentía porque pensaba que era un arreglo justo o porque estaba deseando perderla de vista. Su cortante comentario la sacó de dudas.

–Me voy a trabajar al estudio lo que queda de noche.

Aiesha adelantó una cadera en pose de mujer fatal.

–Te vas a volver un aburrido de tanto trabajar.

La intensa mirada que le dedicó le provocó un hormigueo en las rodillas.

–También sé divertirme. Pero elijo a mis compañeros de juego con más cuidado que la mayoría.

Ella compuso una mueca burlona. Puede que le resultara fácil resistirse, pero todavía no había acabado con él. Lo tendría de rodillas antes de que terminara la semana. Una vez lo tuviera dominado no se mostraría tan recatado y seguro de sí mismo. Estaba deseando que esto ocurriera.

–Me apuesto algo a que Phoebe la Impenetrable no lo hace en la banqueta de la cocina ni bajo las estrellas en las noches calurosas. Seguro que es la típica que solo lo hace en la cama, con la luz apagada y en la postura del misionero. ¿Me equivoco?

Sus labios formaron una fina línea.

–No hace falta que me cuentes los detalles de tu vida sexual. No me interesan.

–Sí que te interesan. Seguro que ahora mismo te estás preguntando cómo sería poseerme aquí y ahora. Sería tan brutal que uno de nosotros se quemaría la piel con la alfombra.

Sus palabras eran provocadoras e incitantes, casi tanto como las imágenes que evocaban. Aiesha era consciente de que se estaba pasando bastante, pero había algo en su férrea resistencia que enardecía su empeño por hacerle confesar su deseo. Era el máximo desafío. Él era su máximo desafío.

–Guárdate esas tácticas de vedette de Las Vegas para quien sepa apreciarlas –dijo–. Yo tengo cosas más importantes que hacer.

Aiesha vio cómo salía de la habitación dando grandes zancadas, más derecho que una tabla de planchar y con los puños apretados como balas de cañón.

Ella sonrió como si supiera lo que iba a pasar.

Capítulo 4

JAMES estaba mirando fijamente la pantalla del ordenador, pero no veía los bocetos que había dibujado para la casa de Sherwood sino a Aiesha desnuda sobre la alfombra persa del salón y a él encima. Su pelo caía disperso sobre la alfombra, sus preciosos senos se agitaban provocativamente y su espalda gatuna se arqueaba al tiempo que se corría con un grito primitivo que...

Se dio una bofetada mental para centrarse en el proyecto que tenía delante. Los planos, que le habían parecido tan estupendos el día anterior, le parecían ahora un aburrido revoltijo de ángulos y superficies.

Se apartó del escritorio, se puso en pie y desperezó la espalda. No era la única parte de su cuerpo que tenía dura, pero cuanto menos pensara en ello, mejor.

Permaneció de pie junto a la ventana mirando el manto de nieve bajo la luz de la luna. Su santuario de las Highlands se había convertido en una cárcel de atormentadora tentación, un templo de deseos pecaminosos. Estaba atrapado en una casa con una libertina que se había propuesto seducirlo. Aiesha tenía una misión en la que él era el objetivo. ¿Cómo podría resistirse? Ella era un cóctel de insolencia y sensualidad y él se había emborrachado con tan solo mirarla. Todo sobre ella le excitaba: su determinación, sus mohines de niña traviesa, la manera en que sacudía el pelo sobre los hombros como una potranca agitando su crin. La mirada ardiente y cómplice de sus ojos grises, que parecían decirle «ven y poséeme, lo estás deseando», como si adivinaran su deseo endureciéndolo bajo la ropa.

James soltó una maldición y se alejó de la ventana. Era más de medianoche y no había cenado. Se moría por una copa de vino, pero añadir alcohol a la situación provocaría problemas con los que no podía lidiar en ese momento. Ella esperaba que cayera en sus redes, como hacían todos los hombres que se proponía conseguir. Los coleccionaba como si fueran trofeos, mejores cuanto más ricos y poderosos. Y él no era más que otro premio que añadir a la lista, uno que había codiciado durante mucho tiempo. Un asunto pendiente, primero el padre y ahora el hijo y heredero. Y, en cuanto hubiera demostrado lo que quería, lo dejaría tirado como a un perro.

James esperaba que el febril interés de los periodistas por su relación se desvanecería en cuanto otra pareja captara su atención. Odiaba verse acosado por los medios; le traía embarazosos recuerdos de los días en que Aiesha vendió su exclusiva. Las cámaras permanecieron una semana enfocando la casa londinense de sus padres. En aquella época él no vivía allí, pero eso no impidió que se convirtiera en el centro de atención. Todos los días, al salir de su apartamento en Notting Hill para ir a trabajar, se veía asaltado por una multitud de micrófonos y de preguntas sobre el comportamiento de su padre. Lo seguían a todas partes, incluso en horas de trabajo. La intrusión llegó a ser tal que uno de sus clientes más importantes se pasó a un estudio de la competencia.

Ahora que, después de tanto tiempo, volvía a contar con la confianza de una buena clientela, Aiesha volvía a las andadas.

James volvió a sacar a Bonnie para que hiciera sus necesidades antes de comprobar que todo estaba apagado en el piso de abajo. Entró en el salón, cuya puerta estaba ligeramente entreabierta. Una luz tenue, procedente de las lámparas de la mesilla, se proyectaba suavemente formando una uve en el suelo del vestíbulo.

Empujó la puerta y encontró la mesilla baja llena de restos de una cena improvisada: una copa de vino vacía, un plato con trozos de queso y el corazón de una manzana, una servilleta arrugada, una tarrina vacía de yogur con su correspondiente cucharilla pegajosa y un reguero de migas. Típico. Se paseaba por el lugar como si fuera la dueña de la mansión, esperando que alguien pusiera orden tras ella. Y él no era el encargado de un hotel, por el amor de Dios. ¿Quién se creía que era, dejando el salón de su madre en ese estado?

Su mirada se dirigió al sofá y allí encontró a... la Bella Durmiente.

Eso era exactamente lo que parecía Aiesha, tumbada de costado frente a la chimenea, que estaba a punto de apagarse, con la mejilla apoyada sobre un cojín de terciopelo, los brazos recogidos junto al pecho y sus delgadas piernas encogidas como las de una niña. El cabello le caía suelto sobre los hombros, y un mechón trazaba la letra ese sobre su mejilla. Dormida, parecía inocente y vulnerable, mucho menor de veinticinco años.

La diferencia de edad entre ellos, de ocho años, de pronto le pareció un siglo. Un periodo geológico.

¿Debía despertarla? ¡No!

James miró la chimenea; reavivar el fuego causaría demasiado ruido. La habitación, al igual que el resto de la casa, tenía calefacción central, pero esta estaba controlada por un temporizador. Percibió una ligera sensación de frío en el momento en el que el reloj que había sobre la repisa de la chimenea marcaba casi la una de la mañana.

Dirigió su mirada a la manta de mohair que descansaba sobre el sillón orejero y vaciló. Se debatió durante unos treinta segundos mientras la miraba dormir. Su pecho subía y bajaba mientras su boca se entreabría ligeramente dejando escapar un suspiro. Sus párpados, enmarcados por unas pestañas kilométricas, se agitaron, y su frente se contrajo como si algo hubiera perturbado su sueño. Unos instantes después, con la frente ya relajada, se hizo un ovillo junto a los cojines del sofá, como un lirón acurrucándose para hibernar.

James aguardó medio minuto antes de avanzar de puntillas hacia la manta, recriminándose mentalmente por lo ridículo de su cautela, y tapó a Aiesha con delicadeza.

Fue como si hubiera dejado caer sobre ella una plancha de conglomerado.

Dando un salto repentino en el sofá, le propinó un puñetazo en la nariz que le hizo ver las estrellas.

Profiriendo un juramento, James dio un vacilante paso hacia atrás y se acunó con la mano la maltrecha nariz, de la que manaban gotas de sangre que caían sobre la alfombra. Oleadas de dolor invadieron su rostro, su cráneo y su estómago. Se balanceó sobre sus pies, como si tratara de luchar contra el mareo.

–¡Dios mío! ¿Te he hecho daño? –preguntó Aiesha horrorizada, cubriéndose la boca con las manos.

–No –respondió él apretando los dientes mientras sacaba su pañuelo con la otra mano para cortar la hemorragia–. Me suele sangrar la nariz sin razón aparente.

–Lo siento; no sabía que eras tú..

–¿Quién diablos te creías que era?

Aiesha se mordió el labio inferior y, desviando la mirada, salió de la habitación.

–Esto... voy a buscar hielo.

Cuando llegó a la cocina se llevó una mano al corazón, que le palpitaba violentamente. Había reaccionado por instinto, atemorizada al despertarse y ver una sombra cerniéndose sobre ella. Su cerebro no había tenido tiempo de darse cuenta de que no se trataba de un aprovechado con ganas de toquetearla. Desde pequeña había aprendido a reaccionar instintivamente a base de golpes, la única manera de protegerse de la atención inapropiada que le prestaban los indeseables que su madre tenía por novios.

Por esa razón nunca pasaba la noche entera con un hombre. Jamás. Le habría resultado demasiado difícil explicarle el porqué de su nerviosismo... o de las pesadillas. La última vez que tuvo una pesadilla se orinó en la cama. A ver cómo le explicaba eso a un amante.

Aiesha miró sus nudillos enrojecidos. A juzgar por el dolor palpitante que sentía, James iba a lucir un buen moratón a la mañana siguiente, si no antes.

Cuando volvió al salón con un bolsa de hielo terapéutica que había encontrado en el congelador, seguía preocupada. James estaba sentado en el sofá donde ella había estado durmiendo, con la cabeza inclinada hacia atrás, dejando ver la poderosa columna de su garganta. Abrió un ojo y la miró.

–Menudo gancho tienes.

Aiesha evitó su mirada mientras le pasaba la bolsa de hielo.

–Hace un par de años di clases de boxeo. Es estupendo para mantenerse en forma; deberías probar.

Él compuso una mueca al colocarse la bolsa en la nariz.

–Por alguna razón, la idea de zurrar a un contrincante hasta dejarlo inconsciente no me resulta tentadora.

Ella volvió a morderse el labio.

—¿Te duele mucho?

—Eso era lo que te proponías, ¿no?

Aiesha se dirigió a la chimenea y trató de reavivar los rescoldos sin mucho éxito. Podía sentir los ojos de James posados sobre ella. La había sorprendido dormida, desprevenida, vulnerable. ¿Habría dicho algo durante el sueño, revelado algo sobre su turbulento pasado?

Controló sus gestos corporales, como llevaba haciendo desde los ochos años.

—No me gusta que me observen mientras duermo.

—Solo quería que estuvieras cómoda. Estabas dormida con la chimenea apagada, y me preocupaba que pasaras frío.

¿Le preocupaba? Seguro. ¿Quién se había preocupado alguna vez por su bienestar? Era invisible a menos que se hiciera notar. Había sido una marginada toda su vida: no era ni lo suficientemente inteligente, educada o pija. La idea de que él se preocupara por su bienestar la turbaba. Nadie se preocupaba por ella ni la cuidaba, a menos que ese alguien quisiera algo a cambio.

—¿Por qué no me has despertado? ¿Por qué has sido tan sigiloso? Me has dado un susto tremendo. Me alegro de haberte pegado; debería haberte dado con más fuerza.

Él se retiró la bolsa de la cara y frunció el ceño, pero no la miró con enfado, sino más bien con interés. Aiesha apartó la mirada y frunció los labios.

James se acercó a la chimenea, situándose junto a ella.

—¿Quieres pegarme otra vez? —preguntó—. Vamos, ponte en guardia y dame fuerte.

Ella cruzó los brazos y lo fulminó con la mirada.

–Deja de burlarte de mí.

Sus ojos azul oscuro seguían observándola intensamente.

–No estoy bromeando, Aiesha. Quítate la espinita. Sé que quieres pegarme, así que adelante: hazlo. No te devolveré el golpe.

Aiesha apretó los nudillos. Podría hacerlo; si lo intentaba de veras, podía dejarlo inconsciente. El problema era que su mente y su corazón no estaban sincronizados. Deploraba haberle hecho daño; la violencia le parecía detestable y la asustaba. Solo había tomado clases de boxeo como precaución cuando vivía en Las Vegas, que llevaba el sobrenombre de «ciudad del pecado» por algo. Los hombres que llevaban demasiado alcohol en el cuerpo pensaban que tenían derecho a toquetearla y proponerle relaciones todas las noches cuando salía del club. Nunca había golpeado otra cosa aparte del saco de arena, que había sido el sustituto de todos los hombres a los que le habría encantado atizar como ellos atizaban a su madre. Ella misma había recibido suficientes golpes en su vida como para querer erradicar la violencia de la faz de la tierra. Además, estaba lo del pobre Archie. El perro confiaba en que ella lo mantendría a salvo de la Bestia, y le falló. Trató de apartar de su mente el gañido atemorizado, el crujido fatal cuando el cuello del pobre Archie se partió en dos, la imagen de aquel flácido cuerpecillo colgado de la horrible mano de la Bestia, como si fuera un trofeo.

Aiesha sintió que sus defensas se desmoronaban, como las cenizas de los rescoldos que había tratado de reavivar en vano un minuto antes. James la había pillado con la guardia bajada, desprotegida de su coraza de chica de mala vida sin sentimientos. Los instintos de luchar o salir corriendo combatían dentro de su pecho. Luchar, salir corriendo, luchar, salir corriendo...

Era consciente del silencio que reinaba en la habitación, roto tan solo por el tictac del reloj en la repisa de la chimenea. Consciente de la sequedad de su boca y de un extraño picor húmedo en los ojos. Consciente del nudo en la garganta que mantenía sus sentimientos más íntimos ahogados en una nauseabunda alcantarilla.

No pensaba echarse a llorar.

Aiesha parpadeó y volvió a colocarse la coraza. Abrió y cerró las manos para tantearlo; quería ver si retrocedía.

—Podría hacerte mucho daño —dijo.

—No me cabe ninguna duda.

Ella no supo interpretar la expresión de su cara. ¿La estaba poniendo a prueba? Levantó la mano, pero él no movió ni un solo músculo, limitándose a mirarla fijamente a los ojos. Llevó la mano hasta su cara y se raspó con su barba incipiente. Sintió una opresión en el pecho, como un desgarrón, y finalmente, algo en su interior aflojándose, liberándose.

Se produjo otro brevísimo silencio.

Él le cubrió la mano con la suya y la atrapó suavemente con sus dedos.

—¿Eso es lo más que puedes hacer? —preguntó.

Los ojos de Aiesha descendieron hasta su boca antes de volver a sostenerle la mirada.

—No quiero estropear tu cara bonita.

Los ojos azules de James adquirieron una tonalidad oscura.

—Tienes miedo.

Ella hizo un movimiento rápido con la lengua para humedecerse los labios.

–Suéltame, James.

–Primero tengo que cobrarme una prenda. Es de justicia.

–¿Una prenda?

Él enredó sus manos en la melena de Aiesha y desplazó la mirada desde sus ojos hasta su boca con una lentitud hipnotizadora.

–Tú me has dado un puñetazo en la nariz, y yo voy a darte un beso.

–¿Y se supone que eso es un castigo?

–¿Por qué no lo averiguamos? –preguntó, y tirando de ella hacia sí, la besó.

Sus labios eran firmes y cálidos, y se movían lentamente pero con decisión. Su lengua se deslizó por el labio superior de Aiesha, y luego por el inferior, en una caricia superficial que hizo que ella sintiera un apremiante deseo.

Ella le rodeó el cuello con los brazos y se dejó caer sobre él para hacer el beso más profundo. Abrió su boca, invitándole a entrar, y jugueteó con la lengua sobre sus labios. James emitió un profundo gemido y su lengua embistió a la de Aiesha, pugnando con ella, enredándola. Ella sintió que se le disparaba el pulso. James tenía un sabor especial: ni amargo, ni rancio, ni cervecero. Tampoco sabía demasiado a menta o a enjuague bucal. Sabía... simplemente bien.

Aiesha enterró los dedos en su cabello negro y espeso mientras él seguía explorando cada rincón de su boca. El cuerpo le temblaba de deseo, invadido por gigantes oleadas de placer. Su forma de besar era fascinante, mágica, embriagadora. No era ávida y apresurada, sino respetuosa y seductora. Su boca respondió como un capullo abriéndose a los cálidos rayos del sol. La habían besado más veces de las que podía recordar, pero nunca de esa manera. Eran besos delicados y decididos al mismo tiempo, besos administrados con una pasión controlada.

Sus caderas se juntaron y la erección de James no dejó lugar a dudas del efecto que tenía sobre él. Percibió la dureza del miembro sobre su estómago y deseó desesperadamente sentir el tacto de su piel desnuda. Algo en su bajo vientre se contrajo, y la humedad sedosa de la excitación ungió sus partes más íntimas ante la perspectiva de ser poseída por él.

James respiraba pesadamente, a punto de perder el control, mientras la sujetaba firmemente por las caderas, como si fuera peligroso desplazarlas a otra parte de su cuerpo.

Ella gimoteó mientras él mordisqueaba su labio inferior y tiraba de él antes de apaciguarlo con una caricia de su lengua. Repitió el proceso con el labio superior, dándole pequeños mordiscos y pellizcos que hicieron que a Aiesha se le erizara el vello de la nuca.

Aiesha sintió un acuciante deseo, como una serpiente retorciéndose en su interior. Se preguntó si alguna vez había deseado tanto a un hombre como a James Challender. Él era el máximo trofeo: rico, poderoso, de buena familia. Siempre lo había deseado. Desde el momento en que lo conoció, cuando fue a visitar a sus padres poco después de que ella se instalara en su casa, sintió que entre ellos se establecía una corriente de atracción. Él había mantenido las distancias respetuosamente, dejándole claro que no pensaba dejarse seducir por una adolescente. No había sido grosero, ni tampoco cruel. Se había mostrado cortés, pero firme, implacable. Y en aquel momento Aiesha lo odió por ello.

Pero ahora... ahora no sabía lo que sentía, aparte de una lujuria desquiciante.

Lo deseaba porque él representaba todo lo que le había faltado durante su espantosa infancia. Éxito, estabilidad, seguridad.

Ella llevó su mano a la hebilla del cinturón, pero él la detuvo en seco, sosteniéndola contra su cuerpo mientras trataba de controlar su respiración.

—No —dijo.

—¿No?

Era la primera vez que un hombre le decía que no. Desde pequeña había tenido que pugnar por quitárselos de encima. Era ella la que los rechazaba a ellos, y no al revés. Ese cambio en las relaciones de poder era una perturbadora novedad. Le gustaba ser ella la que dijera sí o no.

—Me deseas —dijo en tono realista e impersonal.

Él le soltó la mano y dio un paso atrás.

—Esto no puede llegar a más —se apartó el pelo de la frente—. Lo sabes de sobra.

Aiesha se ocultó tras su máscara de niña mala.

—¿Soy demasiado basta para tus gustos de sibarita?

Él arrugó la frente y avanzó hacia la puerta con la intención de marcharse.

—Creo que será mejor que esto siga siendo platónico. Será... más seguro.

Ella enarcó una ceja con insolencia.

—¿Así que ya no somos enemigos?

Él se volvió y la miró largamente.

—Yo creo, Aiesha, que tu único enemigo eres tú misma.

James recalcó su comentario con un breve cabeceo de desdén y cerró la puerta tras de sí antes de que ella pudiera replicar.

Capítulo 5

JAMES cerró la puerta de su dormitorio maldiciéndose a sí mismo.

«¿Estás loco? ¿Qué haces besándola, tocándola, deseándola?».

Se pasó la mano por el pelo, distraído. Nunca debería haberla besado. Había cruzado la línea; la misma línea ante la que se había detenido hacía una década.

Aiesha era astuta. Por unos instantes le pareció que se había ablandado, que había bajado la guardia. Pero sabía perfectamente lo que hacía. No era la típica mujer emocionalmente vulnerable; era demasiado dura, estaba demasiado curtida. ¿Acaso no lo había demostrado al pegarle el puñetazo?

Compuso una mueca al ver su reflejo en el espejo del cuarto de baño contiguo a su dormitorio. No tenía la nariz rota, pero el ojo se le iba a poner morado sin duda. Y todo por acercarse a ella sin avisar.

Se pasó la mano por la mandíbula, salpicada de barba incipiente. Ella había estado profundamente dormida, era imposible que hubiera estado fingiendo. Su respiración era profunda y uniforme, y su cuerpo estaba relajado. Su reacción había sido extrema e inesperada... ¿Pero por qué?

Pensó en su pasado, tratando de recordar lo que su madre le había contado al respecto. Aiesha se había mostrado evasiva al hablar de su verdadera familia. Lo único que le había contado a su madre era que se había marchado de casa por voluntad propia. No había pasado el tiempo suficiente con ellos como para contarles más detalles. Que él supiera, no era alcohólica ni drogadicta, o por lo menos, no daba esa impresión. Solo tenía un pequeño tatuaje en la parte interna de la muñeca derecha, con el nombre de Archie rodeado de corazones y flores. Pero nunca le había dicho quién era Archie ni por qué era tan importante para ella como para sentir la necesidad de tener su nombre grabado permanentemente sobre la piel.

James volvió a soltar una imprecación. Besarla había sido un error gravísimo, un error de proporciones épicas. Lo sabía y lo había hecho de todos modos. No había sido capaz de controlarse. En cuanto notó la mano de Aiesha posada suavemente sobre su rostro supo que tenía que besarla. Había sido inevitable, como una fuerza que él no podía controlar. Su intención al rozarla con los labios había sido hacer un experimento, ponerse a prueba a sí mismo para demostrarse que podía hacerlo sin perder la cabeza.

Durante años había soñado con besar esa boca. Había fantaseado sobre ello, lo había deseado con el ansia con la que un exdrogadicto añora la sustancia prohibida. Su boca era tan adictiva como lo había imaginado, suave e imperiosa al mismo tiempo. Cuando la sostuvo entre sus brazos, el cuerpo deliciosamente femenino de ella se adaptó al suyo a la perfección. El sabor de su boca, la manera en que sus lenguas habían danzado en un erótico tango, la postura perfecta de las caderas de ella contra las suyas. La deseaba con tanta intensidad que había tenido que esforzarse en mantener las manos quietas y no usarlas para arrancarle la ropa y embestirla hasta introducirse en su pícara y tentadora humedad.

Él no era hombre que actuara por impulsos. No sucumbía a aventuras de una sola noche ni a relaciones superficiales. Tenía necesidades, y las satisfacía de una manera responsable y respetuosa. Su vida estaba cuidadosamente planeada hasta el más último detalle porque era la única manera de evitar sorpresas desagradables. Había visto cómo las vidas de muchos amigos y compañeros de trabajo, por no mencionar la de su padre, se iban al traste por culpa de una aventura inoportuna. Carreras, reputaciones, relaciones familiares destrozadas para siempre, masacradas a causa de un *affair* ilícito. Él no iba a cometer el mismo error.

La doble vida de su padre había salido a la luz cuando a James le faltaba poco para cumplir los veinte años. Cuando era pequeño y volvía a casa del internado, su madre jugaba a que eran una familia feliz, algo que James no cuestionó jamás. No se le ocurría hacerlo. Quizá porque no quería enfrentarse a ello. Parte de él sabía que sus padres no eran felices como unos recién casados, pero nunca pensó que fueran absolutamente desgraciados. Eran sus padres, y a él le gustaba que estuvieran juntos y que su relación pareciera estable. Pero, durante el último año de colegio, alguien comentó en la escuela que había visto al padre de James saliendo con una mujer de un hotel del distrito de los negocios de Londres, y el concepto que James tenía de la vida familiar se vino abajo. Durante los años siguientes, su madre trató estoicamente de mantener a flote el matrimonio, mientras su padre prometía serle fiel. Por supuesto, falló a su palabra una y otra vez, si bien lo hacía con más discreción.

Desde entonces, James juró que jamás llevaría la vida de su padre, llena de mentiras y engaños. No dejaría que la tentación lo apartara de su camino, ni que la falta de autocontrol saboteara su reputación y sus posibilidades de alcanzar el éxito.

Pero en ese momento de su vida había dos cosas que no podía controlar: una era Aiesha Adams, y la otra, el tiempo. Descorrió las cortinas y observó cómo caían los copos de nieve al otro lado de la ventana.

Genial. Absolutamente genial.

A la mañana siguiente, Aiesha esperó a que James saliera de la casa antes de bajar. Lo vio caminar hacia el sendero del río con Bonnie hablando por el móvil. Avanzaba contra el viento, con la cabeza agachada y los hombros inclinados hacia delante. Se detuvo un par de veces para mirar hacia la casa, pero Aiesha se escondió tras las cortinas para que no la viera. ¿Estaría preguntándose todavía por qué lo había atacado de esa manera?

Cuando desapareció tras unos árboles junto al río ella lanzó un hondo suspiro. ¿Por qué le importaba lo que pensaba de ella? ¿Qué sentido tenía tratar de lavar su reputación ahora? Para él, nunca sería más que una niña mala con la que pasar un buen rato.

Tenía que sacudirse de encima su agitado estado de ánimo, y solo había una manera de hacerlo.

El salón era su estancia favorita en Lochbannon. Situado junto al cuarto de estar, tenía vistas a los jardines delanteros de la casa. Las grandes cortinas de seda, el pulido suelo de parqué, la resplandeciente araña de luces y varias lámparas con pantallas de terciopelo contribuían a crear una ambiente opulento. El piano de cola había sido afinado hacía poco. Louise siempre decía que lo hacía revisar con regularidad, pero Aiesha sospechaba que la mujer había organizado un repaso precipitado del instrumento cuando supo de la visita de Aiesha.

Louise había sido una consumada violinista, pero abandonó sus aspiraciones en el mundo de la música para casarse con Clifford Challender. Él quería ser la única estrella en el escenario familiar. A Louise le pidió que desempeñara el papel de secundaria, que adornara la mesa con su agradable presencia, que hiciera la vista gorda ante las «actividades extraescolares» a las que se dedicaba de cuando en cuando y que criara a su hijo de acuerdo con las normas de la alta sociedad.

Aiesha recordó a su propia madre, con su afán de amoldarse a los hombres. El padre de Aiesha la tuvo dominada desde el momento en que se quedó embarazada. Ella cumplía todas y cada una de sus órdenes y aun así era castigada cuando algo no era del gusto de él. Podía ser su manera de arreglar la casa, de cocinar, de mirar o no mirar; o una opinión expresada en voz alta que no se ajustara a las normas que él había impuesto. Para su madre era imposible determinar lo que estaba bien o lo que estaba mal. Su autoestima estaba más maltrecha que su cuerpo. Y, sin embargo, cuando el padre de Aiesha ingresó en prisión por robo a mano armada, su madre, en lugar de comenzar una nueva vida como Aiesha esperaba, se embarcó en una relación que en cuestión de semanas siguió el mismo patrón que la anterior. Esto ocurrió una y otra vez. Cuando su madre reunía el coraje suficiente para cortar una relación encontraba a otro hombre calcado a aquel del que acababa de escapar. Era por culpa de las drogas. La ligera adicción a los porros alentada por el padre de Aiesha se había convertido en un hábito imposible de controlar. Heroína, cocaína, alcohol... Cualquier cosa que le permitiera evadirse temporalmente de la realidad. Su madre se

pasó la vida dejándose engatusar por hombres manipu-
ladores que le prometieron el oro y el moro y que no hicieron más que romperle el corazón y, finalmente, lle-
varla a la muerte.

Aiesha se quedó mirando el armarito de nogal en el
que guardaban las partituras de música. Estaban todos los
clásicos, y una selección de piezas más modernas. Pensó
en el talento de Louise, todas esas horas de práctica y sa-
crificio personal para llegar a lo más alto en el mundo de
la música malgastadas en un hombre que no había sabido
apreciarla.

Desde el momento en que Aiesha atravesó el umbral
de la mansión de los Challender en Mayfair, envidió ar-
dientemente la infancia de James. Habría dado cualquier
cosa por disfrutar de tanto lujo y confort, por poder dormir de un tirón sin temor a que un baboso apestando a
cerveza se metiera en su cama, por tener un techo sobre
su cabeza todas las noches, por comer todos los días, por
disfrutar de una esmerada educación y por marcharse de
vacaciones a lugares cálidos, exóticos y emocionantes.

Pero ahora se preguntó si James no habría sufrido
también de falta de atención. No que hubiera sido víctima del abandono, como ella, sino de esa desatención
que deja otro tipo de cicatrices.

Criarse con un padre egoísta y deseoso de ser siempre el centro de atención debía de ser bastante difícil,
cuando no directamente bochornoso. Tratar de agradar
a alguien que nunca está satisfecho. Vivir con la vergüenza de ver en los periódicos a tu padre comportán-
dose como un playboy mientras tu madre sufre en silencio en casa.

Las semanas que siguieron a la publicación de su
historia fueron duras para James y su madre. Aiesha vio
imágenes de James, perseguido por la calle donde vivía

en Notting Hill y en el bloque de oficinas donde tenía su estudio el arquitectura. Los pecadillos del padre le habían causado una gran vergüenza, tanto entonces como ahora.

¿Sería esa la razón por la que James trabajaba tanto, era tan perfeccionista y estaba tan centrado en su trabajo que excluía todo lo demás, especialmente el placer y la diversión? ¿Sería esa la razón de las arrugas de tensión que rodeaban su boca y adornaban su frente? James fruncía el ceño más de lo que sonreía. Trabajaba más de lo que se divertía. ¿Sería esa la razón por la que había escogido una mujer aburrida y predecible para casarse?

Phoebe Trentonfield era probablemente una chica agradable, pero no era adecuada para él. James necesitaba alguien que le plantara cara y lo sacara de esa pequeña y cómoda zona de confort que había creado para sí. Alguien que liberara la pasión reprimida en su interior.

«Alguien como yo», pensó.

Aiesha sacó el taburete negro y brillante de debajo del piano y se sentó mientras le daba vueltas al asunto. Ella no era el tipo de chica con la que acababan los hombres como James. No reunía los requisitos necesarios. Era de la parte problemática de la ciudad. Era de la parte problemática de todo.

Los hombres como James Challender no se liaban con cantantes de Las Vegas con padres en la cárcel y padrastros que deberían estarlo. Los hombres como James elegían a chicas finas y cultas, mujeres con un pedigrí de siglos o sangre azul. Aristócratas que sabían qué cubierto usar con cada plato y que nunca metían la pata, una pata rematada por zapatos de diseño y tacón alto.

Aiesha posó las manos sobre las teclas y las abrió y cerró para calentarlas. Al hacerlo, sus magullados nudillos protestaron, pero ella ignoró el dolor. Estaba acostumbrado a él; lo conocía en todas sus formas. El dolor físico era el más fácil de afrontar. Era el emocional el que tenía que evitar.

–¿Has perdido la cabeza? –vociferó Clifford Challender a través del móvil mientras James sacaba a Bonnie a pasear–. Esa zorra destrozará tu reputación y se reirá en tu cara mientras lo hace.

James se abstuvo de contarle a su padre la verdad sobre su relación con Aiesha. No solo por el incidente del puñetazo y la reconciliación de la noche anterior, algo que todavía estaba tratando de asimilar. Clifford no era un tipo discreto y la noticia de que su compromiso era de pega llegaría a todos los medios sociales en cuanto se tomara el primer vodka del día. Aunque, a juzgar por el tono de voz de su padre, parecía que ya se había tomado un par de copas. Y eso que no eran ni las diez de la mañana.

–Yo no me meto en tus asuntos; no te metas tú en los míos.

–La culpa de todo esto la tiene tu madre –dijo Clifford–. Siempre ha sido una blanda. Esa chica se volverá a aprovechar de ella y demostrará lo estúpida que es por darle una segunda oportunidad.

James se alegró de que su padre estuviera a mil kilómetros de distancia, porque de no haber sido así le habría dejado un ojo morado a juego con el suyo, que era espectacular. Odiaba la manera en que su progenitor aprovechaba la más mínima oportunidad para poner verde a su madre desde que se habían divorciado. Era su manera de desviar el sentimiento de culpa. Según Clifford, la madre de James lo había estropeado todo al armar un escándalo por sus aventuras ocasionales.

Aunque James se puso furioso con Aiesha por los métodos empleados, se sintió secretamente aliviado por el hecho de que hubieran provocado un divorcio que debería haberse firmado años atrás.

—Ya te he dicho que no hables así de mamá.

—¿No crees que ha sido ella la promotora de todo esto? —preguntó Clifford.

—No.

«Sí. No. Puede ser. No tengo ni idea».

Él no le había dicho a su madre que iría a Lochbannon. Ni siquiera le había contado que estaba pensando en pedirle a Phoebe que se casara con él. Había sido una coincidencia. ¿O no?

—Mamá tuvo que marcharse al extranjero repentinamente. No he hablado con ella desde que me envió el último mensaje de texto.

—No le doy ni un mes a tu compromiso con esa furcia —dijo Clifford despectivamente—. No tienes lo que hay que tener para manejar a una chica como esa. Tú sigue con tus niñas bien, hijo, y déjame las malas a mí.

James guardó el móvil, se detuvo y miró la casa en la distancia. Le asaltaron dos pensamientos muy diferentes. Primero: eso de seguir con niñas bien le resultaba de pronto increíblemente aburrido. Segundo: imaginarse a Aiesha cerca de su padre le daba escalofríos.

James regresaba de su estimulante paseo por el bosque cuando oyó unos acordes provenientes del salón. Era una música que no se parecía a nada que hubiera oído hasta entonces. Tampoco era el tipo de música que se escuchaba en un club de Las Vegas. Era agradable, melodiosa y, sin embargo, extrañamente inquietante. La cadencia, profundamente conmovedora, le emocionó.

Permaneció de pie junto a la puerta mirando cómo las manos de Aiesha de deslizaban por las teclas del piano. Llevaba puesto un chándal de terciopelo rosa fuerte y se había cubierto la cabeza con una capucha que tenía orejas de peluche, seguramente para calentarse las propias. Ofrecía un aspecto curioso, adorable, encantador. Su ceño estaba intensamente fruncido por la concentración, y no tenía una partitura frente a sí. Parecía no atender a nada que no fuera la música que estaba tocando.

Él se había quedado paralizado por la música. Las notas subían y bajaban provocándole fuertes emociones. Sentimientos que no había experimentado en décadas afloraron, agolpándose en su pecho hasta casi impedirle respirar.

Ella terminó de tocar. Cerró los ojos e inclinó la cabeza, como si el esfuerzo la hubiera dejado totalmente exhausta.

James entró en la habitación y ella dio un respingo, como una marioneta accionada por cuerdas.

—Podrías haber llamado —dijo en tono de reproche.

—No sabía que fuera una función privada.

Ella se levantó y cruzó los brazos con ese gesto que él empezaba a conocer tan bien y que parecía decirle «apártate de mi camino». Se le habían ruborizado ligeramente las mejillas, algo que ella trató de ocultar girándose para mirar por la ventana, donde el sol no acababa de hacer su aparición a pesar de sus esfuerzos.

Las orejas de peluche de la capucha tenían un aspecto aún más gracioso de espaldas. Al igual que su trasero.

—¿Ha sido agradable el paseo? —preguntó.

–¿Me has visto salir?

Se preguntó si habría aprovechado que él no estaba en casa para tocar esa hermosa y evocadora pieza.

Ella no se giró.

–Es muy difícil ignorar los ladridos de esa perra loca.

–Esa perra tiene nombre.

Esta vez sí se dio la vuelta. Su rostro era impenetrable.

–Tienes el ojo fatal.

–Menos mal que no hay fotógrafos husmeando.

–¿Siguen cortadas las carreteras?

–Del todo.

Ella no mostró decepción ni alivio. Su rostro era inexpresivo, como un lienzo en blanco, pero sus dedos jugueteaban con la cremallera de la parte de arriba del chándal, emitiendo un sonido metálico rítmico como el de un metrónomo.

Él se acercó al piano, y tocó un par de notas para romper el silencio.

–¿Qué estabas tocando?

–¿Por qué lo preguntas?

–Me ha gustado. Era... –vaciló, mientras trataba de encontrar la palabra adecuada–. Conmovedor.

Ella avanzó hacia el armarito de nogal donde estaban guardadas las partituras de la madre de James, y rozó los lomos con los dedos, como una niña que pasara un palo por una valla de estacas. James se preguntó si respondería a su pregunta.

–Se titula *Oda a Archie*.

–¿La has compuesto tú?

–¿Qué pasa? ¿Crees que porque canto en un club nocturno no puedo componer música?

–¿La escribiste para el mismo Archie que llevas grabado en la muñeca?

Ella se rodeó la muñeca derecha con la otra mano y, alzando la barbilla, lo miró desafiante.

—Sí.

—¿Quién es?

—Era.

Se apartó del armarito y volvió de nuevo al piano. Bajó la tapa como si cerrara un ataúd, dando por terminada la conversación.

—Está muerto.

—Lo lamento.

Ella se encogió de hombros y él no supo si con ese gesto estaba dándole las gracias o diciéndole que no necesitaba su compasión.

—¿Quién era?

Ella lo miró, inexpresiva.

—Un amigo de la infancia.

—¿Qué le pasó?

Volvió a apartar la mirada.

—¿Tocas algún instrumento musical?

La rapidez con la que cambió de tema le hizo pensar que estaba haciendo un gran esfuerzo por ocultar sus sentimientos. Ese lado desconocido de ella le intrigaba. El lado que vio la noche anterior cuando saltó del sofá con los puños en guardia; el que adivinó brevemente mientras tocaba su melodía. Era capaz de sentir emociones profundas. Una persona que componía ese tipo de música no podía ser fría e indiferente.

—Me temo que no heredé el don musical de mi madre. Estoy seguro de que esto le supuso una profunda decepción.

Ella se bajó la capucha, dejando a la vista una maraña de pelo enredado.

—Tu padre hizo mal al exigirle que abandonara su carrera.

–¿Te lo ha contado?

Ella apretó los labios como si se arrepintiera de haber hablado.

–No creo que se sienta decepcionada porque no te hicieras músico. Está muy orgullosa de cómo te ganas la vida, como cualquier madre decente. Eres bueno en lo tuyo. Más que bueno, excepcional. Todo el mundo habla maravillas de tus innovadores diseños.

–Un piropo de la cínica Aiesha Adams. Me cuesta creerlo –comentó, irónico.

–Disfrútalo, porque no volverá a ocurrir.

Pasó junto a James cuando se marchaba, pero este la agarró por el brazo.

–Si quieres que te deje el otro ojo como el derecho, sigue haciéndolo.

–¿Haciendo qué?

–Tocándome.

La miró a los ojos mientras sentía el pulso de Aiesha palpitando contra su pulgar.

–Pensé que te gustaba que te tocara, que ese era tu plan: seducirme.

Ella trató de desasirse, pero él la agarró con más fuerza. Su miembro se endureció.

–He cambiado de parecer.

Así que había cambiado de plan. Estaba dando marcha atrás después de haberse insinuado a lo bestia. Él se acercó más y aspiró su exótica fragancia de gardenia. Aiesha inhaló a su vez el aroma de él, ensanchando las fosas nasales como una loba olfateando a un macho.

Un ansia primitiva nubló su sentido común. La sangre se le agolpó en la ingle.

–No te gusta que sea el otro el que maneje la situación, ¿verdad?

Ella siguió mirándolo con odio, pero a cada momento se le iba la vista hacia la boca de James, recordando lo que había sentido cuando se besaron. Se pasó la punta de la lengua por los labios, dejándolos húmedos y brillantes. Sus alientos se mezclaron.

–Sabes que te deseo –dijo él.

–¿Y?

Su voz había perdido el tono de descaro, y era ahora apenas audible. Él rozó el labio superior de Aiesha con su labio inferior, invitándola a jugar.

–Quizá ha llegado el momento de hacer algo al respecto.

–Ingresa en un monasterio.

Él sonrió.

–No es mala idea.

–Si me besas, eres hombre muerto.

–Pues dispara –dijo él antes de taparle la boca con sus labios.

Capítulo 6

POR supuesto, Aiesha no lo mató, ni siquiera se apartó. Abrió la boca al sentir la primera embestida de su lengua, dando rienda suelta a la lujuria que ardía entre los dos. Dejó de importarle no ser ella la que controlaba la situación. Necesitaba aquello, lo necesitaba a él, igual que necesitaba el aire que respiraba.

Su boca la embistió con fuerza, en una arremetida erótica y profunda. Su lengua se enredó con la de Aiesha, juguetona al principio, apasionada después, en un intento de subyugarla.

Ella gimió ante su imperioso dominio. James había asumido el control de su boca y ella no podía hacer nada más que corresponder a su beso, un beso que la hacía estremecer de placer. Su respiración se volvió trabajosa al tratar de seguir el ritmo de su pasión desatada.

Esta vez, las manos de James no se conformaron con sujetarla por las caderas. Esta vez, se deslizaron por todas partes, por su pelo, por la parte inferior de su espalda, acunaron sus pechos y tiraron de su ropa, al tiempo que ella tiraba de la de él.

Aiesha contuvo un grito al notar que la mano de James dejaba su pecho al descubierto. Estaba fría tras haber estado en la intemperie, pero no le importó, pues una lava líquida quemaba su cuerpo por dentro.

Él le acarició el pezón con el pulgar, una y otra vez,

describiendo movimientos circulares, haciendo que su piel se arrugara y se tensara, y que cada uno de sus nervios se retorciera de placer. Había pocos hombres que supieran acariciar un pecho femenino, y él era uno de ellos. No apretaba demasiado, pero tampoco se quedaba corto. Parecía leer su cuerpo y calibrar sus necesidades con la pericia de un maestro afinando un instrumento.

Interrumpió el beso para lamerle el seno e introdujo en la boca el pezón, que acarició con la lengua una y otra vez, en movimientos ondulantes. Mientras las piernas de ella temblaban de placer, él pasó a dedicarle la misma estremecedora atención al otro pecho, deslizando la boca hacia su parte inferior, donde la piel era increíblemente sensible. Nadie la había besado nunca ahí. El roce de esa boca sobre su piel era como el de un pincel de marta cebellina sobre una obra de arte de valor incalculable. Regresó a sus labios, arrastrándola de nuevo en un beso ardiente y embriagador. Ahí radicaba su embrujo; en su capacidad para ser delicado y apasionado al mismo tiempo.

Aiesha se contrajo de placer al imaginárselo cediendo del todo a su deseo. Un deseo que él no trataba de disimular o negar, un deseo al que había dado rienda suelta como un caballo desbocado: rápido, furioso, imparable.

Pero ella no iba a dejar que todo se hiciera a su manera. En cuestión de segundos, tiró de su cinturón, que se deslizó bajo las trabillas, y le bajó la cremallera. Tomó entre sus manos el miembro palpitante y lo acarició en toda su longitud hasta que empezó a rezumar fluido seminal.

–Me estás matando –dijo él con un gemido de agonía.

Ella le dedicó una sonrisa cargada de sensualidad.

–Ya te dije que eras hombre muerto.

Él contuvo el aliento y, apartándole las manos, las sujetó con fuerza.

–No, espera. No quiero que lo hagamos así.

¿Se lo estaba pensando mejor? ¿La estaba rechazando en el plano físico, después de haberla rechazado en el intelectual?

–No te dará miedo quemarte la piel con la alfombra, ¿no?

Él la miró fijamente con sus ojos azul oscuro.

–Te deseo tanto que por ti me tumbaría sobre un lecho de clavos o brasas ardientes.

–¿Pero? –le dio un vuelco al corazón–. ¿Porque hay un pero, verdad?

Él aflojó la presión de sus dedos, acariciando suavemente la parte interna de sus manos con los pulgares.

–Nunca he tenido sexo fuera de una relación formal.

–¿Nunca has tenido un rollo de una noche?

–No.

Por alguna razón, eso no le sorprendió. Sabía leer entre líneas, y adivinaba que no había ni un ápice de rebeldía en él. Era cauto y sensato por naturaleza. Le gustaba tenerlo todo bajo control, y no dejarse llevar por los impulsos. No tenía que mirar atrás y lamentarse de decisiones equivocadas. Seguro que dormía profundamente todas las noches, sin que la sombra de la duda o la autorrecriminación perturbara su sueño.

–Pues no sabes lo que te pierdes –dijo ella.

«Soledad. Vacío», pensó.

–Piensa en todo el dinero que te habrías ahorrado en citas si hubieras ido al grano la primera noche –continuó.

Sin soltarle las manos, la miró estudiadamente, como si fuera capaz de ver a la chiquilla sensible y lastimada que se ocultaba bajo capas de descaro e insolencia.

—Me gusta conocer a una persona antes de acostarme con ella —explicó.

Aiesha le sonrió con audacia.

—Hola, me llamo Aiesha. Tengo veinticinco años, casi veintiséis, y canto en un club nocturno de Las Vegas. Bueno, lo hice hasta hace pocos días; ahora mismo, estoy en el paro.

—¿Por qué terminaste trabajando en Las Vegas?

Ella se esforzó por seguir sonriendo. No iba a contarle que había ido en busca de un sueño que se había esfumado en el polvo de Nevada. La prueba que ella creía que iba a brindarle su gran oportunidad había resultado ser para trabajar en un club de striptease. Tocar el piano en ropa interior no era lo suyo, como tampoco lo era realizar bailes eróticos en una barra de stripper con el fin de recibir propinas de hombres babosos, pero se había quedado sin dinero para volver a Londres. Así que aceptó el trabajo en el club nocturno, con la esperanza de que alguien se fijara en sus dotes musicales. Pero pronto comprendió que a nadie le importaba quién se sentara al piano con tal de que lo tocara.

—Me gusta el ambiente de fiesta. Y el tiempo; muy diferente al lúgubre, frío y lluvioso de Londres.

Él la observó largamente, con una expresión difícil de interpretar.

—¿Cuál es tu color favorito?

—El rosa o el azul. Me cuesta decidir.

—¿El nombre de tu mejor amiga?

Aiesha lo miró, inexpresiva.

—No sabe, no contesta.

—¿Me estás diciendo que no tienes una amiga íntima?

–Tengo amigas –«No me fío de ninguna», pensó–. Ninguna es mejor que otra.

–¿Cómo te gusta pasar el tiempo libre?

Aiesha procuraba no tener tiempo libre y en sus momentos de descanso se mantenía activa. El tiempo libre hacía que los fantasmas del pasado volvieran para atormentarla. La verdad es que nunca había aprendido a relajarse, ni siquiera de niña. Siempre había estado en guardia frente a un posible ataque.

–Oye, ¿y yo no puedo hacerte preguntas?

–No hasta que haya formulado las mías.

–No es justo; juegas con ventaja.

Él esbozó una media sonrisa.

–Contéstame.

–Paso el tiempo.

–¿Dónde?

–En el gimnasio, la piscina, la barra.

Él frunció el entrecejo.

–¿La barra?

Aiesha puso los ojos en blanco.

–No *esa* barra. Doy clases de ballet; es muy bueno para la postura y el equilibrio.

–¿Dónde pasaste tus últimas vacaciones?

–En San Diego.

–¿Con quién fuiste?

Ella vaciló durante unos segundos.

–Fui... sola. Es un rollo viajar con gente, siempre quieren ver cosas que no te interesan. Me gusta hacer lo que quiero y cuando quiero.

Él se quedó callado unos instantes mirándola a un ojo y a otro alternativamente.

–¿Qué ocurrió en Las Vegas?

–No necesitas que te lo cuente. Ya lo habrás leído, como todo el mundo.

–Quiero que me cuentes tu versión de los hechos.

Ella miró sus manos entrelazadas, y observó el contraste entre los dedos bronceados de él y los suyos, más pálidos. James tenía unas manos fuertes, artísticas, habilidosas. Unas manos honradas, dignas de confianza. Unas manos limpias.

–Él no me dijo que estuviera casado –le invadió de nuevo la vergüenza. El hecho de no haberle visto el plumero a Antony la hacía sentir tonta, ingenua. Y haber subido con él a su habitación la ponía enferma.

–No llevaba anillo. No supe que estaba casado hasta que su mujer me envió un mensaje de texto.

–¿Cuánto tiempo estuviste con él?

–No mucho.

–¿Cuánto?

Ella se llevó los brazos al pecho.

–Cené con él un par de veces después de mi actuación. Y, al contrario de lo que dijo la prensa, nunca me acosté con él.

Aunque había estado a punto, lo que le hacía sentir aún más idiota.

–Te pillaron saliendo de su habitación.

A Aiesha se le pusieron los pelos de punta al pensar en cómo Antony había permitido que todo el mundo la considerara a ella la mala de la película. Pero ahora las cosas eran diferentes. Llevaba meses planeando la manera de salir de Las Vegas. Estaba cada vez más desencantada con su vida allí. Vivía y trabajaba en uno de los lugares más ajetreados y divertidos del mundo y, sin embargo, no pasaba un solo día en que no se sintiera sola, aislada y aburrida.

Estaba cansada de la negatividad asociada a su imagen. Los periodistas habían sacado a la luz la entrevista que dio acerca de Clifford Challender, en la que ella quedaba como una destrozahogares. Y ahora Antony había fastidiado su intento de empezar una nueva vida, haciendo el papel de víctima, de pobre marido incomprendido y atrapado en las redes de una vampiresa aprovechada. Llamarle mentiroso habría perjudicado a su mujer y a sus dos pequeños hijos por lo que decidió que sería mejor desaparecer y dejar que las cosas se calmaran.

—Subí a su habitación, pero cuando estaba en el baño recibí un mensaje de su mujer —explicó—. Salí, le expliqué lo que pensaba de él y me largué.

—Qué suerte tuvieron los periodistas de estar ahí.

—Su mujer les avisó; sabía dónde y con quién estaba. La prensa hizo el resto.

—¿Te das cuenta de que huir así te hizo parecer culpable? —preguntó él con el ceño todavía fruncido.

—Ya era hora de dejar Las Vegas.

—¿Y ahora qué harás?

Ella lo miró con descaro.

—Encontrar un amante viejo y rico o un marido adinerado. ¿Qué otra cosa puedo hacer?

—Habla en serio.

—Estoy hablando en serio. ¿Qué opinas, James? ¿Te apetece contratarme como esposa a tiempo completo? Te ofrezco una buena relación calidad precio. Podrás hacerme lo que quieras —dijo luciendo la más desvergonzada de sus sonrisas— siempre que me pagues el precio justo.

Él la agarró de la mano con fuerza.

—Sé lo que estás haciendo.

Aiesha restregó las caderas contra él. Era mucho mejor utilizar el idioma que más dominaba. Le resultaba más fácil lidiar con el sexo que con la intimidad emocional. Él ya la consideraba una fresca monumental. Al igual que el resto del mundo, y hasta cierto punto el resto del mundo tenía razón. El coqueteo y la provocación la habían llevado adonde estaba, aunque ya no quisiera estar allí. ¿Por qué no aprovechar que él ya tenía una opinión pésima sobre ella?

—¿Qué estoy haciendo, niño bien?

A James le tembló la barbilla, como si su autocontrol pendiera de un hilo.

—Te estás escondiendo detrás de esa máscara de vampiresa que tanto te gusta ponerte. Tú no eres así. Es solamente un juego.

Se rio al oír sus palabras, pero en el fondo le preocupaba que la hubiera calado tan bien. Se enorgullecía de su impenetrabilidad. Nadie podía avasallarla emocionalmente; ni siquiera el zalamero de Antony la había enamorado. Este no había sido más que un medio para alcanzar un objetivo: un billete de primera clase para huir de Las Vegas.

Pero James Challender no era como los otros hombres. No se le podía manipular fácilmente. No mentía, no engañaba. Tampoco derrochaba encanto con el único fin de salirse con la suya. No peleaba ni jugaba sucio.

Aiesha quería mantener la relación en el ámbito de lo puramente físico, pero él insistía en conocerla. Abrirse totalmente a otra persona era cosa de débiles, y ella era fuerte, autosuficiente.

—Te gusta jugar, ¿verdad, James? Lo estás deseando.

Los ojos de él se deslizaron hasta su boca. Aiesha vio reflejada en su rostro la batalla que se desatada en su interior: la deseaba, pero luchaba contra sus sentimientos.

Él respiró hondo y, soltándola, dio un paso atrás.

—Me voy fuera.

—Pero si está nevando.

Él la miró sombrío mientras se marchaba.

—Qué más da.

James respiró el aire gélido, pero no consiguió extinguir el fuego abrasador del deseo. Cuando quería, Aiesha podía ser pura dinamita. Nunca había deseado tanto a nadie. Era una provocadora nata, excitándole a cada oportunidad, cambiando de tácticas con tanta habilidad que él no sabía qué esperar de ella. Podía hacer de mujer fatal o de muchacha ingenua, de buscona indecente o de niña abandonada: dominaba todos los papeles.

Lo que había visto de ella le hacía desear conocerla mejor. No tenía amigos íntimos, iba sola de vacaciones. Había pagado el pato de un escándalo causado por un marido infiel incapaz de mantener las manos quietas. Había perdido su trabajo y hacía como si no le importara. Componía una música cautivadoramente bella para alguien que claramente había significado mucho para ella. ¿Habría oído alguien más esa cautivadora melodía? La profundidad del sentimiento encerrado en esos pocos acordes lo había dejado de piedra.

Había tantos aspectos de Aiesha que desconocía, y tantos por descubrir... Era terca y complicada. Seductora, fascinante, bella, audaz y desvergonzada. Enloquecedora. Y, sin embargo, cautivadora.

Su preocupación tras propinarle el puñetazo en la nariz había sido genuina. Aunque hacía lo posible por disimularlo, su mirada se le iba, inquieta, al ojo amoratado. Y trataba descaradamente de seducirle, pero daba un paso atrás cuando él tomaba la iniciativa. ¿Por qué se comportaba así?

James se subió el cuello del abrigo para protegerse de la nieve y se metió las manos en los bolsillos con el ceño fruncido.

Podía ser peligroso, pero tendría que acercarse aún más a ella para descubrirlo.

Capítulo 7

Aiesha trataba de llegar a Archie a tiempo. Corría tan rápidamente como podía, pero sus piernas no le respondían. Le temblaban tanto que parecían estar hechas de espaguetis demasiado cocidos. El miedo coagulaba la sangre de sus venas, dejaba sus pulmones sin oxígeno, le revolvía el estómago, licuando y amargando su contenido. Se estaba acercando, pero un monopatín la hizo tropezar. Cayó sobre sus rodillas, extendió los brazos y gritó: «¡Nooo!».

Aiesha se incorporó bruscamente en la cama. Le dolía la garganta de tanto gemir, y el corazón le latía con tanta fuerza que le retumbaba en los oídos.

No había gritado en voz alta, o al menos eso creía. Su dormitorio quedaba bastante lejos del de James, y de este no salía ningún sonido. No oyó que se abriera ninguna puerta, ni pisadas por el pasillo, ni una voz preguntando si le pasaba algo.

Aguardó en la oscuridad, alerta, tensa, agitada. Pasados unos minutos, volvió a tumbarse y cerró los ojos, pero no pudo relajarse, y mucho menos volverse a dormir. Las imágenes del horror parpadeaban bajo sus párpados como una película en blanco y negro reproduciéndose constantemente.

Aiesha apartó la ropa de cama y buscó su bata. Se tomaría algo caliente con un chorrito de brandy. No había visto a James desde que este la sorprendiera tocando la canción de Archie esa misma mañana, pero los efectos de su beso todavía resonaban en su cuerpo.

Cuando llegó a la cocina, Bonnie salió de su cama y se quedó mirándola con sus tímidos ojos marrones agitando la cola.

–No te hagas ilusiones –le dijo mientras abría la nevera–. Tendrás que cruzar las patas.

La perra soltó un pequeño gemido, se dirigió hacia la puerta trasera y se volvió a mirarla como diciéndole: «¡Venga! ¿Por qué tardas tanto?».

Aiesha cerró la nevera y dejó el cartón de leche sobre la encimera.

–¿No puedes usar una puerta para mascotas? Pensaba que los golden retrievers erais más listos... Tú debes de ser la más tonta de todas.

Abrió la puerta trasera y una ráfaga de aire gélido la estrelló contra la pared. La perra salió, husmeándolo todo a su alrededor, como si tuviera todo el tiempo del mundo.

–¡Date prisa! –dijo Aiesha temblando de frío–. No desaparezcas de mi vista, porque no pienso salir a buscarte.

La perra desapareció detrás de un seto y Aiesha lanzó una imprecación al tiempo que tomaba un abrigo que colgaba junto a la puerta. Olía al perfume de Louise y, durante unos instantes, sintió que esta la rodeaba con sus brazos.

Permaneció un momento en la oscuridad, preguntándose cómo habría sido su vida si Louise hubiera sido su madre. Su música habría sido celebrada, alentada, cultivada. Ella misma habría sido amada, celebrada, alentada. Habría estado segura.

Miró el cielo nocturno. Las estrellas y planetas refulgían como pepitas de oro sobre un fondo azul aterciopelado. ¿Cuántas veces no lo habría mirado de pequeña y formulado un deseo al ver una estrella fugaz? El deseo de que su vida fuera diferente, de que todo cambiara.

Suspiró y se calzó con un par de botas de Louise que había junto a la puerta. Pero antes de que pudiera dar dos pasos el viento aullador sopló con fuerza y, de golpe, cerró la puerta tras ella.

«¡Maldición!».

El portazo despertó a James. Este creía que lo había dejado todo bien cerrado cuando hizo la última ronda en el piso de abajo, pero la casa era antigua y el viento huracanado, por lo que no le sorprendería que se hubiera soltado un pestillo. Se envolvió en una bata y bajó las escaleras.

La puerta del dormitorio de Aiesha estaba cerrada y no tenían la luz encendida, lo que significaba que la Bella Durmiente estaría profundamente dormida.

Cuando llegó a la puerta trasera de la cocina oyó que alguien la golpeaba frenéticamente con los nudillos y lanzaba juramentos. Abrió la puerta y se encontró a Aiesha tiritando de frío en el umbral.

–Te has tomado tu tiempo –dijo sacudiéndose la nieve, que quedó esparcida por el suelo–. Esa perra estúpida necesita un dispositivo de seguimiento. Ve tú a buscarla, yo estoy congelada.

James atrapó la chaqueta en el aire antes de que aterrizara en el suelo. Estaba exageradamente furiosa para las circunstancias.

–Con este viento, no se quedará fuera mucho tiempo –señaló él–. No la he oído ladrar para que la sacáramos. ¿Te ha despertado?

–No... Ya estaba despierta.

Su expresión era furtiva, reservada. ¿Qué habría estado haciendo abajo en mitad de la noche? Entornó los ojos. Estaba apoyada contra la encimera de la cocina, con la barbilla adelantada en actitud desafiante y las mejillas enrojecidas por el frío o la vergüenza. O quizá por ambos. Una sombra de sospecha le hizo estremecer. ¿Habría estado escondiendo las joyas de su madre y otros objetos de valor para cuando se marchara? Se le erizó el vello de la nuca de la furia que sintió. ¿Así pagaba la amabilidad de su madre?

–¿Qué estabas haciendo aquí abajo a estas horas de la madrugada?

El rubor que cubría sus mejillas se volvió más intenso, pero su mirada seguía siendo de hielo.

–Buscaba algo de beber.

Lanzó una mirada rápida al cartón de leche sobre la encimera.

–¿Nada más? –preguntó.

Ella arqueó las cejas y se puso roja de furia.

–¿Qué quieres decir con eso? ¿Qué te crees, que te estaba robando la plata mientras dormías? ¿Por qué no revisas los cajones uno por uno para ver si te he birlado alguna de tus preciadas joyas familiares?

Empezó a recorrer la cocina abriendo armarios y cajones como una posesa. Estaba totalmente histérica. Abrió el cajón del aparador que contenía la plata con tanta fuerza que su contenido aterrizó en el suelo con un estrépito ensordecedor. Se quedó mirando el revoltillo de cubiertos en absoluto silencio. Y justo en ese momento comenzó a desmoronarse ante la mirada de James. Parpadeó y se pasó la lengua por los labios. Su cuerpo había perdido la rigidez airada de minutos antes. Con hombros temblorosos, se agachó.

–Lo siento...

Comenzó a recoger los cubiertos, y James observó que las manos le temblaban descontroladamente. Él se agachó junto a ella y le tomó la mano trémula.

–Déjalo.

–¿No quieres contarlos? –preguntó ella en tono resentido pero sin mirarlo a la cara.

Le conmovió la manera en que se esforzaba por sonar desafiante. Le recordaba a un gatito que se hincha para parecer fuerte ante un perro grande y amenazador.

–Oye, ¿estás bien?

Se oyó un gemido al otro lado de la puerta trasera y Aiesha volvió a ponerse la máscara.

–Será mejor que le abras la puerta. Sería una pena que la perra de tu madre muriera estando a tu cuidado, ¿no crees?

James tardó tan solo cinco segundos en abrirle la puerta a la perra, pero cuando se volvió ella había desaparecido.

Aiesha se apoyó pesadamente en la puerta de su dormitorio, aguardando impaciente al sonido de las pisadas de James en el pasillo. El corazón le latía con fuerza. ¿Qué estaría pensando él después de la escenita que había montado? La había visto en su peor momento: fuera de control, llena de pánico, dolida, vulnerable. ¿Se burlaría de ella? O, lo que era peor... ¿Trataría de comprenderla? ¿De conocerla mejor?

Pensó en compartir con él el dolor que acarreaba dentro de sí como un residuo tóxico. La vergüenza que pasó durante su infancia, la sensación de ser una inadaptada a la que nadie quería. El abrumador peso de la culpa por no haber sido capaz de proteger a su madre y a Archie. La persistente convicción de que nunca podría darle un giro a su vida, de alcanzar todo su potencial. ¿Cómo reaccionaría James si averiguara que no era tan dura como hacía creer? ¿Que bajo su fachada de insolencia era tan sensible y afectuosa como su propia madre?

El crujido de los escalones le indicó que estaba subiendo. Sus pasos eran lentos, firmes, seguros. Oyó cómo se detenía ante la puerta de su dormitorio y, a continuación, su voz profunda de barítono.

–¿Aiesha?

Ella apretó los dientes para no responder a su llamada. No necesitaba su consuelo ni el de nadie. Había pasado sola los últimos diez años, la mayor parte de su vida, y así seguiría siendo. ¿Qué más daba que se hubiera asustado al perder a la perra en la oscuridad? No era ninguna tragedia; la perra había vuelto sana y salva.

Se hizo un espeso silencio mientras aguardaba conteniendo el aliento. Aiesha no sabía qué se rompería primero, si el silencio o sus pulmones.

–¿Podemos hablar? –preguntó James.

Ella cerró los puños con fuerza.

«No. Vete».

–Lo que te he dicho antes ahí abajo –dijo, vacilante–, no tiene justificación. Lo siento.

Se hizo otro silencio interminable.

Aiesha oyó cómo daba un profundo suspiro, como si él también hubiera estado conteniendo la respiración durante largo tiempo. Luego oyó el sonido de sus pasos alejándose y, finalmente, el chasquido suave de su puerta cerrándose.

Aiesha cerró los ojos con fuerza para evitar que se le escaparan las lágrimas. No pensaba ceder al llanto.

Cuando se asomó a la ventana a la mañana siguiente, vio a James retirando la nieve de la entrada con una pala.

Se le veía fuerte y delgado mientras cargaba la pala y arrojaba su contenido a un lado. Se había quitado el abrigo, y aunque llevaba camisa y jersey, Aiesha pudo adivinar la línea de sus músculos. No era el típico animal de gimnasio, pero estaba bastante bien. Muy pero que muy bien. Cargaba y descargaba la pala de manera mecánica, con el ceño profundamente fruncido, como si estuviera dándole vueltas a algo... a ella, probablemente.

¿Estaría pensando que era una niña enrabietada en un cuerpo de mujer? ¿Que necesitaba tratamiento psiquiátrico o una camisa de fuerza?

Apretó los dientes. Era mejor hacerlo cuanto antes. No tenía sentido esconderse. Si se burlaba de ella, respondería burlándose de él.

Se puso el abrigo y los guantes y se envolvió en una bufanda. El aire frío le golpeó la cara como una bofetada de hielo. Arrebujándose aún más en la bufanda se dirigió hacia James.

—¿Qué, buscando el lugar donde he enterrado el botín?

Él se detuvo y la miró con el rostro afligido.

—Supongo que merezco que me hables así —dijo escudriñándole el rostro—. ¿Estás bien?

Ella lo miró con toda la dureza de la que fue capaz.

—Nunca he estado mejor.

James asintió lentamente, un gesto con el que parecía indicar que aceptaba su decisión de no mencionar el episodio de la noche anterior, y volvió a la tarea que lo ocupaba. A Aiesha le dio la impresión de que estaba intentando distraerse de su presencia. ¿Tanto le repelía? Ahora que sabía lo infantil que podía llegar a ser había dejado de desearla. Pues muy bien.

—La previsión del tiempo va mejorando —anunció él

sin mirarla–. El viernes podríamos estar fuera de aquí; quizá antes si vienen los quitanieves.

–¿Podríamos? –preguntó ella cruzando los brazos.

Él se detuvo y la miró.

–Vas a tener que venir a París conmigo; tengo que ir a ver a un cliente.

–Un momento. Tú dijiste que ibas a pasar una semana aquí y que Comosellame pasaría el fin de semana contigo. ¿Por qué estas prisas por marcharte a París?

–Mi cliente quiere revisar los planos que he diseñado.

–¿Y no se los puedes enviar por correo electrónico?

–Prefiere verme en persona. Le gusta hacer las cosas a la antigua. Además, quiere conocerte.

–¿Por qué demonios querría conocerme?

Él mantuvo el rostro impenetrable.

–Eres mi prometida, ¿te acuerdas? –contestó antes de retomar la actividad con la pala–. Nos alojaremos en un hotel pequeño y asistiremos a la cena que organiza una de las instituciones benéficas con las que colabora mi cliente.

Aiesha tragó saliva, alarmada. Iban a quedarse en un hotel. En el mismo dormitorio, en la misma cama. Toda la noche. ¿Y si volvía a tener una pesadilla? ¿Y si...?

–No voy a ir. Prefiero quedarme aquí; odio París.

Parejas románticas por todos lados, caminando de la mano por la ciudad del amor. Era suficiente para que le dieran ganas de vomitar.

–Fuiste tú la que empezó la farsa. Por cierto, ayer por la noche hice una transferencia electrónica a tu cuenta. Considera esto como un trabajo. Tú y yo estamos comprometidos hasta que yo lo diga.

¿Así que él quería llevar la voz cantante? Muy bien, pues ella también.

–Quiero mi propia habitación.

–Eso daría pie a habladurías. Y no sería conveniente que empezaran a circular por Twitter, ¿no te parece? –preguntó dedicándole una sonrisa torcida.

Aiesha lo miró con cara asesina.

–Siempre duermo sola; odio compartir la cama y que me molesten con ronquidos o toqueteos cuando trato de dormir.

–¿Te suele costar conciliar el sueño?

–Que de vez en cuando me levante a beber algo no significa que padezca insomnio. Esta casa hace muchos ruidos por la noche; es espeluznante.

–Menos mal que me tienes a mí para protegerte de todos esos fantasmas, ¿no?

¿Se estaba burlando de ella? Decidió cambiar de tema.

–¿Y qué hay de la perra? ¿Quién la cuidará?

–La señora McBain tiene un sobrino que está dispuesto a ocuparse de ella un par de días.

Aiesha probó con otra táctica.

–Le prometí a tu madre que lo haría yo. Confía en que yo esté al cuidado de la casa hasta su regreso, porque la señora McBain quería visitar a su hija en Yorkshire. No quiero defraudarla, sobre todo después de todo lo que ha hecho por mí.

–¿Se ha puesto en contacto contigo desde que se marchó?

–No, pero estoy segura de que está demasiado ocupada cuidando de su amiga. Podría estar en una zona remota y sin cobertura telefónica.

–¿Crees que ella planeó que tú y yo nos quedáramos atrapados aquí? –preguntó señalándola a ella y luego a sí mismo.

Aiesha soltó una risita, incómoda.

–No creerás que tu madre tiene la capacidad de conjurar un temporal cuando le viene en gana, ¿no? Además, ¿por qué diablos iba a querer que tú y yo estuviéramos juntos? Sabe que nos caemos fatal.

Él le clavó su mirada azul y Aiesha sintió que se le derretía la médula espinal.

–¿Y si estuviera haciendo de hada madrina? Agitando su varita mágica por doquier para que las cosas salgan como ella quiere.

–Me cuesta creer que tu madre quiera como nuera a una vedette de Las Vegas –replicó ella tratando de ignorar el pinchazo que había sentido cerca del corazón. En otras circunstancias, Louise hubiera sido el tipo de suegra que le habría gustado tener...

–Siempre ha tenido debilidad por ti.

–Eso no quiere decir que me quiera como madre de sus nietos.

James le miró el abdomen, imaginándosela embarazada de su propio hijo. Cuando sus miradas volvieron a encontrarse Aiesha se ruborizó, y su corazón dio un pequeño brinco que le quitó el aliento.

James sería un padre maravilloso: recto y sólido, sensato, de fiar. Amable y cariñoso. Paciente pero firme. Se tomaría el tiempo necesario para comprender a sus hijos, para conocerlos. Los mantendría y nunca los explotaría ni abusaría de ellos o de la confianza que tuvieran en él.

Una visión se coló en su imaginación: James sosteniendo entre sus brazos a un niño recién nacido. Un bebé diminuto y rosado, con hoyuelos, los ojitos cerrados y la boca en forma de capullo de rosa. Con diez deditos en la mano y otros tantos en los pies, un botoncito por nariz y dos pequeños caparazones por orejas.

Algo en su interior comenzó a aflojarse, a desenma-

rañarse. ¿Sería capaz James de advertir el deseo incipiente que trataba por todos los medios de ocultar? Un
deseo que hasta entonces no había creído tener. El de
tener una familia que pudiera llamar suya. El de formar
parte de una unidad familiar tan fuerte que nadie pudiera romper. El de amar y ser amada.

Aiesha se reprendió a sí misma por albergar esos
pueriles sueños que no se tenían en pie. ¿Qué tipo de
madre sería si ni siquiera era capaz de proteger a un perro?

Se giró en dirección a la casa.

–Me voy a desayunar.

–¿Me preparas algo a mí?

Ella le lanzó una mirada gélida.

–Háztelo tú mismo.

James entró en la cálida cocina. Aiesha estaba sentada frente a una taza de té. Lo miró de reojo antes de
volver a concentrarse en su té. Él se fijó en el bol de ga-
chas de avena que ella había dejado apartado junto al
hornillo y sonrió para sí. Tenía razón; la chica no era
tan dura por dentro como lo parecía por fuera. Su actitud era pura fachada, y en el fondo tenía buen corazón,
pero lo ocultaba para que nadie le hiciera daño.

La noche anterior le había demostrado lo afectuosa
que era al preocuparse sinceramente por Bonnie. Su actitud habitual de «arréglalo tú, no es mi problema» era
un farol. Había actuado como una niña pequeña al sentirse presionada, pero no la despreció por ello. Al contrario, su actitud despertó su instinto protector. Conocerla a fondo estaba resultando la experiencia más
fascinante y conmovedora de su vida.

–¿Esto es para mí? –preguntó.

–He hecho demasiado. No tiene sentido malgastar la
buena comida.

Él sacó una silla y se sentó frente a ella.

—Deja de mirarme con cara de odio; me estás quitando el apetito.

Sus dedos juguetearon con el asa de la taza. Tenía los dedos largos y las uñas cortas pero bien arregladas. Los dos primeros nudillos de su mano derecha estaban levemente magullados. Él sintió una extraña opresión en el pecho; no se había dado cuenta de que se hubiera hecho daño al pegarle la otra noche. No había dicho ni una palabra. Era una chica tan reservada...

—¿Qué te pasa en la mano? Parece lastimada. ¿Te has...?

Ella la escondió bajo la mesa.

—Está bien; solo ha sido un golpe.

—Aiesha.

Ella lo miró con la cara que un delincuente impenitente le pondría al empleado de un correccional.

—¿Qué pasa?

—Enséñame la mano.

Ella hizo como si fuera a ignorar su orden, pero luego puso los ojos en blanco y sacó la mano. Él la tomó con delicadeza entre las suyas y comenzó a acariciarle el dorso con el pulgar. La expresión de Aiesha se mantuvo estática, pero sus dedos acusaron un ligero temblor que le llamó la atención. Se acordó de cómo esos dedos habían rodeado y acariciado su miembro y se excitó. Ahora se estaba haciendo la dura, ¿pero cuánto tardaría en convertirse en una voluptuosa sirena? Era una chica complicada, con muchos niveles, como los estanques que ocultan cuevas y cañones bajo su superficie.

James le soltó la mano, se volvió a sentar y tomó la cuchara.

—Tendré que darte un anillo.

—¿Cómo dices? —preguntó, parpadeando.

–Un anillo de compromiso.

Ella alzó una ceja y sus ojos grises brillaron con la insolencia habitual.

–¿Podré quedármelo cuando rompamos?

–Claro. Considéralo un premio de consolación.

Se produjo un breve silencio.

–No será el que compraste para Phoebe, ¿no?

–No tiene sentido malgastar un buen diamante –respondió él sonriendo perezosamente.

Enojada, Aiesha se inclinó hacia él y le apartó la cuchara de la boca.

–Escúchame bien. No voy a llevar los desechos de otra mujer, ¿te enteras?

El contacto de su piel le produjo a James un cosquilleo por el brazo. El fuego de su mirada lo excitó; sintió el torrente de sangre corriendo por sus venas, inundándole de una lujuria enfebrecida. Miró su boca carnosa y recordó su sabor dulce, caliente, pecaminoso. Su lengua ágil y seductora enredándose en la suya. Quería sentir esa lengua húmeda y caliente recorriéndole el cuello, el pecho, el abdomen, hasta llegar a su miembro duro y palpitante.

–No voy a malgastar mi dinero en un anillo que solo vas a llevar puesto dos semanas –explicó–. ¿Qué sentido tiene?

–Está bien, lo que tú digas –repuso ella levantándose de la mesa.

–¿Qué pasa? –preguntó viendo cómo metía su taza en el lavavajillas.

–Nada –respondió ella cerrando el aparato de un portazo.

Él se levantó y se dirigió a ella, que tenía los brazos cruzados y una expresión resentida.

–¿Qué más da el anillo que lleves si todo esto es una farsa? –preguntó.

–¿Sabes lo insultante que es que te regalen algo destinado a otra persona?

–¿Estamos hablando de anillos de compromiso o de otra cosa?

–¿De qué otra cosa podríamos estar hablando?

–¿Quién te ha dado algo que estuviera destinado a otra persona?

–Nadie.

Él estudió su expresión durante unos instantes.

–Cuéntamelo, Aiesha.

–¿Qué quieres que te cuente?

Él le pasó un dedo por la línea de la mandíbula y, sorprendentemente, ella no lo rechazó.

–Cuéntame por qué estás disgustada.

–No estoy disgustada. Estoy furiosa.

James enarcó una ceja.

–¿Furiosa porque vas a pasar unos días en París con todos los gastos pagados?

–Vine aquí con tantas prisas que solo traje lo justo. No tengo ropa adecuada.

Él le acarició la parte inferior de la barbilla y la empujó hacia arriba para que a ella no le quedara más remedio que mirarlo.

–Te compraré ropa en París. ¿Acaso no es eso lo que hacen los amantes y los prometidos ricos?

–¿Cómo le vas a explicar lo del ojo morado a tu cliente?

James se había hecho la misma pregunta.

–Le diré que me golpeé con una puerta.

–Qué original.

–¿Se te ocurre alguna otra explicación?

Algo en la expresión de Aiesha cambió.

–Podría darte un poco de corrector, o mejor, podría ponértelo yo. Soy una experta. Los cardenales son bastante fáciles de disimular, más que los cortes y las hinchazones.

–¿Tú has usado corrector? ¿Para disimular cortes y cardenales? –preguntó él con el ceño fruncido.

–Debería haberme hecho maquilladora profesional –dijo ella con cinismo–. Practiqué durante muchos años arreglándole la cara a mi madre después de las palizas que le daban los psicópatas de sus novios. Debería ponerlo en mi currículum. Me pregunto si es demasiado tarde para cambiar de profesión...

A James se le revolvió el estómago al pensar en lo que habría presenciado Aiesha y en lo que habría sufrido su madre.

–¿Te pegó alguno a ti?

–Un par de veces –contestó como si fuera lo más normal del mundo.

James tragó bilis al imaginársela como una niña delgaducha agredida por un hombre enorme y amenazador. ¿Cómo habría podido defenderse? Odiaba la violencia en general, pero la ejercida contra mujeres y niños le ponía enfermo. ¿Sería esa la razón por la que no podía dormir por las noches? ¿Qué horrores tendría guardados en lo más profundo de su alma? ¿Qué abusos habría sufrido en su propio cuerpo?

–¿Por eso te marchaste de casa?

Ella tomó aire y lo retuvo unos instantes antes de expulsarlo lentamente.

–Un par de días después de que mi madre muriera por sobredosis de heroína, generosamente suministrada por su último amante, este decidió que yo sería una buena sustituta en su cama. Me negué en redondo.

James tragó saliva con dificultad.

–¿Intentó... violarte?

–Me largué antes de que tuviera la oportunidad –respondió ella sin mirarlo a los ojos.

–Por eso te fuiste.

–Así es.

James intuyó que se estaba callando algunos detalles. Estaba empezando a conocerla. Se cubría de una coraza para dárselas de dura, pero dentro guardaba todo un mundo de dolor. Lo oía en su tono de voz, lo veía en la fragilidad de su mirada.

–¿Cuánto tiempo estuviste en la calle?

–Pasé algunas noches en sofás de gente conocida, pero todo el mundo acaba harto de los gorrones.

–¡Tenías quince años, por el amor de Dios!

Ella se encogió de hombros.

–Sí, bueno. Ya sabes lo que dicen: «La caridad empieza en casa de uno». Pero yo no la vi en ninguna de las casas en las que estuve... excepto en la de tu madre.

–Entonces, ¿por qué saboteaste vuestra relación?

Ella lo miró directamente a los ojos. Era una mirada impenetrable, de acero.

–Tu padre la estaba engañando. Le oí hablando con su amante y decidí enseñarle a tu madre el tipo de hombre que era. Ella se merece algo mejor, algo mucho mejor.

–Podrías haberlo hecho sin involucrar a la prensa. Le hiciste más daño a ella que a él.

«Y a mí», pensó.

–Como tú mismo has dicho, tenía quince años. Era una ignorante.

–¿Y qué me dices de las joyas? ¿Te das cuenta de que podrían haberte acusado de robo si mi madre no hubiera dicho que te las había regalado?

–Ya lo sé. Se las devolví en cuanto me pagaron la exclusiva.

James la miró con una mezcla de frustración y admiración. Era una superviviente que se defendía con uñas y dientes, utilizando todas las armas que tenía a su disposición: ingenio, encanto, sagacidad, seducción. Podía ser astuta como un zorro o zalamera como una gatita, según le conviniera.

Pero debajo de todo ello había algo más. Alguien más. Alguien que no permitía que nadie se le acercara demasiado. Alguien que no se fiaba de que no quisieran explotarla o hacerle daño. Alguien más sensible de lo que aparentaba.

–Dijiste que tu madre murió. ¿Dónde está tu padre?

–No lo he visto desde que tenía ocho años.

–¿Fue decisión suya o vuestra?

–Fue decisión de Su Majestad –espetó ella en tono cínico.

–¿Está en la cárcel?

–Así es.

–¿Por qué razón?

–Por idiota.

James lo dejó estar. Era evidente que no quería hablar de ello. Le sorprendía que le hubiera contado tantas cosas. Se sintió mal consigo mismo por no haberla comprendido mejor. ¿Habría retomado su madre el contacto por la misma razón? Su madre se había dado cuenta de que, si le daban una oportunidad, Aiesha podría convertirse en un bello cisne. Pero esta no estaba acostumbrada a fiarse de la gente. Louise había sido paciente, y durante los ocho últimos años había mantenido el contacto con la joven, asegurándole que tenía un hogar seguro al que regresar en caso de que lo necesitara.

–No tienes que avergonzarte de tus orígenes, Aiesha. No los elegiste tú.

Ella hizo un mohín con los labios como diciendo: «¿Qué sabrás tú?».

—Voy a ducharme. Hablar de mi pasado me hace sentir sucia.

Seguía agitada después de la ducha. A través de la ventana miró el bosque y los prados cubiertos de nieve, preguntándose por qué le había contado tantas cosas a James. No estaba acostumbrada a hablar de su pasado con nadie. No quería que la gente la despreciara por ser hija de un delincuente y una drogadicta, y se había pasado la mayor parte de su vida tratando de ocultarlo. No era exactamente el tipo de conversación con la que romper el hielo en una fiesta: «¿Que a qué se dedica mi padre? Pues es delincuente de profesión. Robo a mano armada, agresión con arma mortal, tenencia de drogas, allanamiento de morada. Hace de todo».

Aiesha siempre había sido una inadaptada en el colegio. La señalaban con el dedo, y era el blanco de murmuraciones y cotilleos. Desde temprana edad había aprendido a ocultar sus sentimientos tras una coraza, para que nadie supiera el daño que le hacían sus crueles comentarios. Pero le dolía ser la única niña a la que no invitaban a las fiestas de cumpleaños, a la que elegían en último lugar cuando se hacían equipos, a la que no esperaba nadie a la salida del colegio.

Lo peor eran las entrevistas de su madre con los profesores del instituto. Aquella hacía un esfuerzo por despejarse y arrastrarse hasta allí, pero Aiesha hubiera preferido que no se molestara. La cara de pena que después le ponían los profesores no hacía sino intensificar la sensación de ser una marginada.

Y un buen día, dos semanas antes de su decimoquinto cumpleaños, encontró a Archie. Fue el mejor día de su vida. Lo encontró cerca de la estación de metro cercana a la casa en la que vivían su madre y la Bestia. Estaba prohibido tener mascotas en el piso, pero Aiesha lo introdujo a hurtadillas bajo su abrigo. Era un terrier pequeño, cruzado, con una carita que solo podría amar una madre. Aiesha no conocía su edad ni su procedencia, pero se enamoró en cuanto el perrito se acercó a ella y la miró, lastimero, con sus enormes ojos marrones.

Todos los días, Archie trotaba junto a ella de camino al colegio, y la esperaba pacientemente en el callejón detrás de la tintorería hasta que ella regresaba por la tarde. El momento en que lo veía esperándola era el más feliz del día. El perrillo levantaba la cabeza con los ojos brillantes de felicidad y agitaba la cola con tanta energía que Aiesha temía que algún día se le cayera. Le daba los restos de la merienda y ambos se iban a pasear al parque, donde Aiesha imaginaba ser como el resto de los dueños de perros, que tendrían una casa bonita con jardín. Una casa cálida y acogedora en invierno y fresca y fragante en verano. Una casa en la que habría comida, no solo en la mesa, sino también en el frigorífico y la despensa. Con una madre que no estaría drogada o borracha ni habría recibido una paliza de muerte. Con un padre, o padrastro, que no la miraría con lascivia con sus ojos de cerdo ni le daría besos babosos con sus gruesos labios.

¿Por qué había hablado de su pasado precisamente con James? ¿Cómo iba a mantener los sentimientos a raya en su relación si él insistía en hacerle confesar cosas de las que nunca había hablado con nadie? ¿Sería porque él era un hombre firme, con dominio de sí y una serenidad envidiable? ¿Porque se preocupaba por ella, porque le demostraba compasión?

Aiesha estaba acostumbrada a que la juzgaran y vilipendiaran. A que se burlaran de ella, la despreciaran y la excluyeran. No a que la escucharan y la comprendieran. Ni tampoco a mostrar una faceta de sí misma que mantenía oculta desde la infancia. ¿Cómo iba a reconstruir su armadura si le faltaban piezas? La coraza que envolvía su corazón ya no era una gruesa capa de metal, sino más bien una lámina endeble de papel de fumar.

James solo tendría que estrecharla junto a su cálido y firme cuerpo para que quedara totalmente destruida...

Capítulo 8

VEO que por fin has decidido contestar al teléfono –dijo James a su madre aquella noche–. ¿Qué demonios estás haciendo?

–Yo podría preguntarte lo mismo, querido –contraatacó Louise–. No es verdad que te hayas comprometido con Aiesha, ¿verdad?

–Por supuesto que no, pero por el amor de Dios, no se lo digas a papá. Le hice creer que iba en serio... a él y al resto del mundo.

–Tu secreto está a salvo conmigo.

James frunció el ceño al oír el tono jovial de su madre.

–Debías haber adivinado que ocurriría algo así.

–No tenía ni idea de que tenías pensado visitarme –explicó su madre–. La última vez que hablamos, me dijiste que ibas retrasado con un proyecto terriblemente importante que tenías entre manos y que no tenías tiempo de venir hasta aquí solamente para...

–Vale, reconozco que a veces me dejo absorber por el trabajo –dijo cortando a su madre–. Te preocuparías si me fuera a vaguear a una playa del Caribe con una modelo de ropa de baño a quien doblo la edad, como alguien que yo me sé. ¿Por qué no me dijiste que Aiesha estaba aquí?

–Sabes por qué.

Dejó que pasara el silencio recriminatorio. Sí, podía

ser un cabezota. Sí, podía ser rencoroso cuando alguien le hacía una faena. Pero eso no justificaba que su madre hubiera mantenido en secreto, y durante tanto tiempo, su relación con Aiesha. Debería habérselo contado; de esa manera él habría manejado la situación un poco mejor.

—No la conoces, James, no tan bien como yo. Tú has hecho lo que hace todo el mundo cuando la conoce: se quedan en la superficie y no ven a la chica encantadora que se esconde tras esa fachada insolente.

James había visto a la chica encantadora; el problema era que no sabía qué hacer con ella. Bueno, sabía lo que quería hacer con ella. Era una tentación abrumadora y muy difícil de resistir.

—En cualquier caso, deberías haberme avisado. Ya sabes lo mucho que odio las sorpresas.

—Espero que no estés siendo desagradable con ella.

—¿Desagradable? Soy yo el que tiene un ojo morado ahora mismo.

—¡Cielos! ¿Qué ha ocurrido?

—¿Conoces aquello de «quien despierta al can dormido...»? Más me hubiera valido tenerlo en mente.

—Estoy segura de que no lo hizo con mala intención —suspiró Louise.

James giró la silla para observar la luna elevándose por encima de los árboles. De pronto le pareció que Australia quedaba muy, muy lejos.

—¿Cuándo volverás?

—Esto... querido, hay algo que quiero contarte, pero no quiero que te enfades.

Él volvió a girar la silla hasta quedar en la posición original y se agarró al reposabrazos.

—No estarás pensando en emigrar...

—No, querido, no es eso —tomó aliento antes de proseguir—. Me estoy viendo con alguien.

–¿Te refieres a que estás saliendo con alguien?

Su madre rio, avergonzada.

–Me has recordado a tu abuelo cuando salí por primera vez con un chico siendo adolescente. Por favor, no te enfades. Soy feliz por primera vez en muchos años.

–¿Quién es?

–Richard, el hermano de Julie. Lo conozco desde hace décadas. De hecho, lo conocí antes que a tu padre. Por aquel entonces él estaba con una chica, luego apareció tu padre y... Bueno, ya sabes lo que pasó. Richard vino desde Manchester para estar con Julie tras el accidente y... bueno... nos hemos enamorado.

¿Su madre? ¿Enamorada?

–Apenas lo conoces. No lo has visto durante años. ¿Y si se ha convertido en un chiflado que solo te quiere por tu dinero? Venga, mamá, piénsalo. No puedes embarcarte en una relación así como así, sin considerarlo seriamente.

–¿Tan seriamente como consideraste tú tu matrimonio con Phoebe?

James frunció el ceño.

–Yo no te he dicho que me fuera a casar con Phoebe.

–No ha hecho falta; me lo he imaginado yo solita. No te pega nada, y me sorprende que no te hayas dado cuenta.

James echó hacia atrás la silla y se puso en pie.

–Empiezo a sospechar que alguien se ha estado entrometiendo en mis asuntos.

–Yo no he tenido nada que ver con lo que ha ocurrido. Pero quizá el universo está tratando de decirte algo. No arruines tu vida casándote con alguien a quien no quieres cuando tienes tanta capacidad de amar. No ames a medias, James, ama con todo tu ser.

James se paseó de un lado a otro de su habitación apretando con fuerza el teléfono.

–Mira, lo del compromiso con Aiesha no va en serio, espero que lo entiendas. Terminará en cuanto finalice el proyecto con Howard Sherwood.

–Por supuesto.

–No estoy enamorado de ella.

–Claro que no.

James frunció el ceño al advertir el tono insincero de su madre.

–No te hagas ilusiones.

–Qué cínico eres, querido. Yo no he sido la responsable de que Julie se saliera de la carretera con el coche. Y te aseguro que no he tenido nada que ver con el mal tiempo. Aiesha necesitaba un lugar donde quedarse y yo se lo ofrecí. Que no te lo mencionara no viene al caso. No te consulto cada vez que invito a alguien a casa, pero dime si quieres que lo haga en el futuro.

–No seas ridícula.

Louise lanzó un suspiro que sonó a confesión.

–Mira, reconozco que en el fondo siempre he esperado que os encontrarais cara a cara, aunque solo fuera unos minutos. No la has visto en diez años. ¿No crees que es tiempo de olvidar el pasado? Creo que es bueno que os hayáis quedado atrapados juntos; parece cosa del destino.

–¿Has estado bebiendo?

–Querido, a veces eres tan cabezota... Hace años, cuando Aiesha era una adolescente problemática, te hiciste una idea de cómo era. Pues ya no es así, y sospecho que nunca lo fue. Te ruego que seas amable con ella.

James se preguntó que diría su madre si supiera lo «amable» que estaba siendo con Aiesha. Lo suficiente como para abrazarla, para besarla, para desear desesperadamente hacerle el amor.

–Me la voy a llevar a París. ¿Te parece suficiente amabilidad?

–Estupendo. Sabía que al final limarías vuestras diferencias. Otra cosa, ¿serás agradable con Richard cuando te lo presente?

–¿Cuándo voy a tener la oportunidad de pasarle revista?

–Podríamos quedar los cuatro cuando volvamos a casa. Sería divertido.

Él puso los ojos en blanco.

–Sí, menuda juerga.

Aiesha estaba zapeando en el cuarto de estar cuando James entró a grandes zancadas con el ceño fruncido.

–Mi madre se ha liado con un tío y cree que está enamorada de él. ¿Te lo puedes creer? Lo conoció hace años y lo ha visto un par de días desde entonces. Y se cree que está enamorada. Increíble. Absolutamente increíble

–A mí me parece genial.

Él la miró con hostilidad.

–Estamos hablando de mi madre, no de una jovencita con pájaros en la cabeza. Tiene cincuenta y nueve años, por el amor de Dios. Debería ser más sensata.

Aiesha dejó el mando a distancia sobre el diván y se levantó.

–Que sea de mediana edad no quiere decir que no sienta nada de cintura para abajo.

–¿De qué estás hablando? –preguntó él arrugando la frente.

Ella se sacó la melena del cuello del jersey y la sacudió sobre sus hombros.

–De sexo.

Él se pasó la mano por el ya alborotado pelo.

–Eres un antiguo, James. Tu padre se lía con cualquier chica de menos de veinticinco y tú no permites que tu madre mantenga una relación madura y respetable. No es muy justo que digamos.

–No quiero que le hagan daño.

–Está enamorada. Por supuesto que le van a hacer daño.

Él la miró fijamente a los ojos.

–¿Has estado enamorada alguna vez?

Aiesha soltó una carcajada.

–¿Estás de broma? Yo no soy de las que se enamoran. Utilizo a los hombres y los desecho cuando he acabado con ellos. Pero eso ya lo sabías.

–Sé que no te gusta intimar con la gente.

De pronto, él estaba lo suficientemente cerca como para que ella pudiera oler su colonia. Como para advertir el fuego en sus pupilas y sentir su deseo flotando en el aire, como una dulce brisa de verano.

–Sé que te gusta demostrarle a todo el mundo lo dura que eres, cuando en el fondo eres todo lo contrario.

–¿Quieres intimar conmigo, James? Quítate la ropa y hagámoslo.

Él la tomó por los hombros y, de manera lenta pero segura, la fue acercando a su cuerpo.

–Creo que mi madre tiene la extraña idea de que nos vamos a enamorar.

–En sus sueños.

Él acercó la boca a la comisura de sus labios, sin apenas rozarlos.

–Eso mismo le he dicho yo.

Aiesha se estremeció al sentir el cálido aliento sobre sus labios.

–Nunca funcionaría. Eres demasiado tradicional, demasiado correcto.

–Y tú eres demasiado indómita e impredecible –su boca exploró suavemente el labio inferior de Aiesha, haciendo que a esta le fallaran las piernas–. Demasiado incontrolable.

Ella le provocó con sus labios, del mismo modo en que él le provocaba a ella, tentándola, torturándola. ¿Por qué no la besaba de una vez?

–¿Te apellidas Controlador de primero? James Controlador Challender. Qué bien queda, ¿verdad?

–Creo que en el fondo es lo que te gusta de mí –dijo él sonriendo.

Ella le rodeó el cuello con las manos y se apoyó en su miembro endurecido.

–¿Cómo? ¿Crees que me gustas?

Su boca pasó rozándole los labios. No fue un beso ni una caricia, sino algo intermedio.

–No quieres que yo te guste. No quieres que nadie te guste. Excepto mi madre y... Bonnie, por supuesto.

–¿Esa fábrica de pelo gorda e incontinente?

Él le acarició la mejilla izquierda con la palma de la mano sin dejar de mirarla.

–Vi que había una golosina en su cama cuando volvimos del último paseo. Yo no la puse allí, así que debiste de ser tú.

Aiesha no anticipó que pudiera encontrarla antes que Bonnie. La había metido debajo de la cama de la perra para que esta la hallara más tarde.

–Tu madre me dio instrucciones sobre cómo atenderla; me limito a hacer lo que me pidió.

James la tomó por las caderas y la acercó a su cuerpo.

–Me dije a mí mismo que no lo haría, me prometí que no complicaría las cosas liándome contigo.

–No es más que sexo, James. La gente lo practica todo el tiempo; no tiene por qué significar nada.

–Te deseo, y creo que es obvio.

–Entonces haz algo, por el amor de Dios.

Él la besó con una pasión que avivó las llamas que ardían en su interior. Sus labios eran firmes y suaves al mismo tiempo, una mezcla cautivadora de dominio y reverencia que hizo que Aiesha se preguntara por qué lo había considerado un estirado. La lengua de James se enredaba con la suya, dominándola, para luego darle rienda suelta y permitirle que ella le hiciera lo mismo a él. El deseo la invadió mientras él volvía a asumir el control del beso. Su lengua la embestía, la aseteaba, para luego acariciarla y calmarla. Sus manos se deslizaban desde sus caderas hasta sus pechos, con una gentileza que la hizo estremecer.

Él emitió un sordo gemido cuando metió una mano bajo su jersey y palpó su seno cubierto de encaje. Le acarició el pezón erecto a través de la tela y ahogó el gemido de ella en el beso, ahora más profundo.

Aiesha sintió cómo sus manos se deslizaban por su espalda y soltaban el cierre del sostén. Este cayó al suelo cuando ella levantó los brazos para liberarse del jersey. Él la miró de arriba abajo sin dejar de acariciarla.

–Eres preciosa, maldita sea.

Inclinó la cabeza y se metió un pezón en la boca, lamiéndolo con una exquisita ternura que la hizo estremecer. Trazó círculos con la lengua alrededor del pezón antes de dedicarle su atención a la cara inferior de su seno.

Aiesha se sentía hermosa al verse acariciada de esa manera. Hermosa, deseable, femenina y... respetada. No había sordidez en su manera de tocarla. Él le hacía sentir como si fuera la única mujer que hubiera deseado en toda su vida, la única con la que quisiera intimar en cuerpo y alma.

James pasó al otro pecho, explorándolo con la misma intensidad, llevándola a un frenesí de deseo caricia tras caricia, beso tras beso. A continuación se dirigió a su cuello, rozando con los labios la delicada piel, deteniéndose junto a los lóbulos de sus orejas. Regresó a su boca, y la besó profunda, apasionadamente mientras ella ardía con un ansia que no había experimentado jamás. No estaba acostumbrada a dejarse arrastrar por el deseo. Normalmente era ella la que controlaba la situación, la que iba dos pasos por delante tanto física como mentalmente. Pero sus besos y su manera de tocarla tenían un efecto mágico en sus sentidos.

Aiesha le desabrochó el cinturón, le bajó la cremallera y tomó su miembro entre las manos, acariciándolo para que él sintiera el mismo deseo incontrolable. Él, con el miembro endurecido, emitía unos deliciosos gemidos de placer.

James le bajó implacablemente las mallas, que cayeron a la altura de sus tobillos. Aiesha se deshizo de ellas y de sus braguitas mientras él se quitaba precipitadamente la camisa, los pantalones y la ropa interior.

Aiesha miró su cuerpo, loca de deseo. Estaba delgado, pero tenía músculos donde había que tenerlos. Su estómago era plano, y bajo su piel bronceada destacaban los abdominales, marcados como si fueran tuberías. El pecho estaba cubierto por una fina mata de pelo que descendía hacia el ombligo y la entrepierna, donde su miembro se erigía, orgulloso.

–Al suelo –le ordenó él para su sorpresa. Ella obedeció con la docilidad de una sierva ante las órdenes de su señor.

Con habilidad, deslizó un preservativo sobre su miembro antes de tumbarse junto a ella. Pero no tenía ninguna prisa por penetrarla. En su lugar, le apartó suavemente los muslos y la besó íntimamente haciendo que ella arqueara la espalda de placer.

A Aiesha se lo habían hecho más de una vez, pero nunca se había relajado lo suficiente como para llegar al orgasmo. Sus anteriores amantes realizaban el acto a la carrera, como si pensaran que era lo que se esperaba de ellos, pero no se tomaban el tiempo de preguntarle qué le gustaba y qué no. A ella le fastidiaba que pensaran que conocían su cuerpo mejor que ella misma, y para abreviar, fingía un orgasmo como el de una actriz porno mientras que se reía para sí de la ignorancia y la arrogancia de aquellos hombres.

Pero aquello era diferente. James la acariciaba con la lengua, pero se detenía para preguntarle si lo estaba haciendo con demasiada fuerza o demasiada delicadeza.

–Dime cómo te gusta. ¿Duro o suave? ¿Rápido o lento?

Aiesha apenas podía hablar.

–Así, como lo estás haciendo, primero despacito y luego vas subiendo hasta que... ¡Aaah, Dios mío!

Su cuerpo sufrió una convulsión y cada uno de sus nervios estalló como si fueran fuegos artificiales. Las oleadas de placer terminaron por calmarse dejando su cuerpo blando y maleable, como si fuera cera derretida. Se sintió extrañamente vulnerable; James había desbloqueado sus sentidos como nunca nadie lo había hecho. Se suponía que el sexo no era más que eso, sexo, y él lo había llevado a otro nivel, uno que ella nunca había experimentado.

James se inclinó hacia ella y le apartó un mechón de pelo de la cara.

–¿Estás bien?

Aiesha salió de su aturdimiento.

–Claro, ¿por qué no iba a estarlo?

–No tenemos que hacerlo si tienes dudas.

¿Dudas? ¿Estaba de broma? Aunque era muy considerado por su parte no dar por hecho que tenía el derecho de continuar. Le acarició la barba incipiente, oscura y seductora, y su interior se contrajo de placer.

–No podemos desperdiciar ese preservativo.

Él le tomó la mano y besó cada uno de sus dedos sin dejar de mirarla.

–No sé tú, pero yo odio el desperdicio innecesario.

Ella le tomó por el cuello y lo atrajo hacia sí.

–Yo también.

Sus bocas se fundieron en un ardiente beso que le produjo un cosquilleo en el estómago. Él colocó una mano bajo su trasero y la levantó para ayudarla a recibir su miembro, que se deslizó lenta y suavemente en su interior haciéndola temblar de placer. Los músculos de Aiesha lo agarraron con fuerza y la fricción de esas primeras y lentas embestidas la hicieron enloquecer. Él se movía con suavidad al principio, esperando a que ella le siguiera el ritmo, a que se acostumbrara a las dimensiones de su miembro. Gradualmente fue incrementando la cadencia, haciendo renacer el deseo en ella otra vez. Se dio la vuelta para que ella quedara encima, sosteniéndola firmemente por el trasero sin dejar de embestirla.

¿Cómo sabía que para ella esa era la única manera de alcanzar el orgasmo sin estimulación directa? Una primera oleada de placer provocó una explosión en su interior. Arqueó la espalda y cabalgó sobre él desesperadamente, con auténtico desenfreno, agitando los cabellos sobre sus hombros hasta que llegó a un extasiado orgasmo que la catapultó a la estratosfera entre sacudidas, estremecimientos, gemidos y sollozos. Se mantuvo aferrada a él mientras se sucedían las últimas oleadas de placer, flotando en un espacio en el que ningún pensamiento podía turbar la sensación de supremo deleite.

Firmemente ensartado en su cuerpo, James volvió a darle la vuelta. Sus ojos brillaban de pasión.

–¿Te ha gustado?

Aiesha deseó que todo acabara para sentir las vibraciones de su miembro al salir.

–Sabes que sí.

Su mirada se oscureció.

–Podrías estar fingiendo. La mayoría de los hombres no sabemos distinguir. Así que no voy a parar hasta estar absolutamente seguro.

Aiesha se estremeció de nuevo mientras él empezaba a embestirla de nuevo, con movimientos rítmicos y profundos. Se agarró a sus firmes nalgas estrechándole hacia sí, deleitándose en el peso de su cuerpo, en su miembro insertado llenándola, dilatándola, atormentándola con la fricción del deseo masculino contra la carne femenina. Estaba subiendo de nuevo hacia la cumbre, sus nervios tensos como un cable de tracción, las sensaciones acumulándose una vez más en el capullo hinchado de su clítoris. Estaba desesperada por llegar al orgasmo, y se preguntó si debía decirle lo que necesitaba para hacerlo. Pero justo entonces él adoptó una postura que le permitió introducir su mano y acariciarla con la presión y a la velocidad adecuadas.

Era imposible no correrse. Echando hacia atrás la cabeza, sucumbió al clímax, que la arrolló como un tren a alta velocidad, sacudiéndola de la cabeza a los pies hasta dejarla exhausta, jadeante y a punto de llorar.

Y él todavía no había llegado.

Aiesha se maravilló ante su autocontrol, aunque no pudo evitar sentir una ligera irritación. ¿Tan fácil le resultaba resistirse a ella? ¿A esas alturas no se sentía abrumado por la pasión? Según su experiencia, los hombres se quitaban de encima el orgasmo de la mujer cuanto antes para poder dedicarse al suyo propio con empeño y, en ocasiones, con egoísta determinación. La colocaban en la postura que a ellos le viniera en gana y se ponían a empujar sin comprobar antes si le dolía o le incomodaba.

Pero James esperó a que volviera a respirar con normalidad, incluso le apartó el pelo de la cara con una caricia sin dejar de mirarla con los ojos oscurecidos.

—¿Lista para el tercer asalto?

—Nunca tengo más de dos orgasmos, y eso con suerte.

«A veces, ni eso», pensó.

Él esbozó una sonrisa.

—Siempre hay una primera vez.

Aiesha sintió un cosquilleo en el estómago.

—¿Y tú?

—Estoy en ello.

Ella contuvo un gemido mientras él se ponía en marcha de nuevo con sus deliciosas y rítmicas embestidas.

—¿Cómo lo haces? ¿Cuentas hacia atrás? ¿Piensas en tu madre?

Él le acarició perezosamente un pecho.

—¿Qué prisa hay? —preguntó arrugando la frente—. ¿Estás incómoda?

—No, es solo que no estoy acostumbrada a que el tío tarde tanto. Normalmente es «toma, toma, ¿te has corrido ya? ¡Pues hasta luego!».

Él se le quedó mirando largamente.

—¿No disfrutas con el sexo?

—No he dicho eso —contestó ella deseando no haber sido tan transparente.

—Lo has dado a entender.

¿Por qué se empeñaba en tratar de conocerla? Ella no quería darse a conocer.

—El sexo no es más que sexo.

—El sexo puede ser mucho más que eso.

Aiesha era consciente de que su miembro todavía estaba hundido en su interior. Él se había detenido momentáneamente, pero seguía ahí dentro. Esperando. Deseándola. Él deslizó el dedo índice por sus labios, con dolorosa lentitud, provocando un hormigueo en cada milímetro de piel que tocaba, despertando nervios que ella no sabía que poseía. Su cuerpo se agitó con un ansia que nunca antes había experimentado. ¿Así se suponía que se tenía que sentir? ¿Era posible desear a una persona hasta el punto de que doliera físicamente?

—Con el sexo lo que importa es el destino. Hacer el amor tiene más que ver con el viaje.

La besó con suavidad una, dos veces. A la tercera, el beso se hizo más profundo.

Aiesha elevó las caderas, giró la pelvis, atormentándole con la fricción resbalosa de su cuerpo. Él intensificó el ritmo, pero sin perder el control. Aiesha le acarició las nalgas e introdujo los dedos entre ambas rozando la piel extrasensibles del perineo. Él ahogó un gemido y empujó con más fuerza. Aiesha percibió la tensión de sus músculos al llegar a ese momento decisivo en el que el deseo primario toma el mando. Él emitió otro gemido grave, y Aiesha sintió cómo la piel se le erizaba formando una fina arena bajo sus dedos, hasta que finalmente él se estremeció y se vació en su interior.

Aiesha lo mantuvo dentro durante un rato, otra experiencia nueva para ella. Normalmente, era la primera en apartarse y vestirse. Pero no quería cercenar el vínculo que los unía. Todavía no. Su cuerpo se sentía... en paz, saciado, flotando en un mar de satisfacción hasta entonces desconocido. Algo en su forma de hacer el amor le había llegado al alma, la había conmovido. Su respeto, su consideración hacia ella y su placer la habían hecho sentir valorada, apreciada. Segura. Su cálido aliento rozándole el cuello, su pecho subiendo y bajando junto al de ella, sus piernas entrelazadas con las suyas. Aiesha le acarició la espalda y los hombros, exploró el contorno de sus músculos, la protuberancia de cada una de sus vértebras, el hundimiento de la parte inferior de su espalda, hasta volver a la cabeza y jugar con su pelo cortado casi al rape.

—¿Te has quemado con la alfombra? —preguntó él.

Aiesha sonrió.

—Una de dos: o es de muy buena calidad o tú no te has esmerado lo suficiente.

El brillo en sus ojos se intensificó.

—Eso tiene fácil arreglo.

E, inclinándose sobre ella, la besó.

Capítulo 9

DE MADRUGADA, James se dio la vuelta adormilado esperando encontrar a Aiesha en la cama junto a él, pero no halló más que un espacio vacío y frío. Durante unos instantes observó el hueco que había dejado su cabeza en la almohada. El leve aroma de su perfume flotaba en el ambiente, la misma fragancia delicada y embriagadora que despedía su piel.

Se incorporó, esperando oír sus movimientos en el baño contiguo, pero no oyó más que el silencio.

Frunció el ceño y apartó el edredón. No la había oído marchar. Su abandono, inesperado, le hacía sentirse como un gigoló que ha servido su propósito: un rollo barato que nada significaba para ella. No le gustaba sentirse utilizado. La había llevado a su dormitorio porque, bromas aparte, quemarse con la alfombra no era su estilo, y sospechaba que el de Aiesha tampoco.

Entonces recordó que, según le había dicho, nunca pasaba la noche entera con nadie. ¿Pero acaso no era él diferente? No era un hombre anónimo con el que echar una cana al aire y si te visto no me acuerdo. Él se había esforzado en escucharla, en tratar de conocerla, en comprender por qué tenía la mirada tan sombría.

Había hecho el amor con ella, se había tomado el tiempo necesario para conocer su cuerpo íntimamente y ella había respondido con un fervor cautivador. ¿Acaso lo que habían compartido no había sido para ella nada más que una forma rápida de saciar una necesidad física?

Miró el reloj de la mesilla de noche. Marcaba las cuatro de la madrugada. Se envolvió en su bata diciéndose a sí mismo que se limitaría a comprobar que no le había pasado nada malo.

No la encontró en su dormitorio. Había dormido en su cama o, por lo menos, se había acostado, a juzgar por el revoltijo de sábanas y las almohadas aplastadas. Que hubiera dormido o no era otra cuestión.

¿Desde cuándo pasaba las noches en vela? ¿Por qué no hablaba de ello con él? Si se hubiera dado cuenta desde el principio de lo traumatizada que estaba podría haber conseguido que confiara en él y dejara los jueguecitos que se traía entre manos todo el tiempo.

Le horrorizaba recordar cómo le había plantado cara en la cocina, acusándola de robar. Le había hecho perder los nervios y al hacerlo se había esfumado la oportunidad de ganarse su confianza. ¿Cuánto tardaría en recuperarla? ¿O era una batalla perdida de antemano?

Encendió la luz de la cocina y Bonnie alzó la cabeza parpadeando, pero no se movió de su cama junto al hornillo. Volvió a acomodar la cabeza entre las patas y cerró los ojos suspirando profundamente como hacen los perros.

James recorrió la cocina con la mirada. La hervidora de agua estaba fría, y no había migas, platos sucios, corazones de manzana o cartones de leche por en medio. Apagó la luz y avanzó por el pasillo hacia el salón. La puerta estaba entreabierta y un rayo de luna proyectaba un largo haz plateado sobre el suelo.

Tras el piano, una mancha oscura junto a las ventanas, estaba Aiesha, de espaldas, cubierta por una bata de seda color marfil que le confería la apariencia de un fantasma.

Sabedor de los peligros de acercarse a ella con sigilo, James golpeó suavemente la puerta con los nudillos.

—¿Aiesha?

Ella debía de haber advertido su presencia antes de que llamara, pues se dio la vuelta lentamente, sin sobresaltos. Le costó leer la expresión de su rostro, pero la luz de la luna perfilaba su silueta desde atrás, dejando claro que bajo la bata había un cuerpo completamente desnudo.

—¿Qué estás haciendo sola aquí abajo? —preguntó.

—No podía dormir.

—¿Por qué no me has despertado?

Salió de entre las sombras, con las cejas alzadas y un tono le voz ligeramente irritado.

—¿Para qué, para que me prepararas un vasito de leche o me contaras un cuento? —preguntó frunciendo los labios antes de añadir—: Como si eso fuera lo normal.

James arrugó la frente.

—Cariño, ¿qué ocurre?

Ella enarcó las cejas, burlona.

—¿*Cariño*? ¿No te parece que eso es llevar esta estúpida farsa un poco lejos?

—¿Qué te pasa?

—Nada —respondió ella con rostro inexpresivo.

—Vale, a ver si me aclaro... La última vez que miré, estabas acurrucada en mis brazos toda adormilada. Ahora tengo la sensación de que te gustaría darme un bofetón. ¿Me he perdido algo?

Sus ojos refulgieron con la insolencia habitual.

—Mira, no me importa acostarme contigo, pero no voy a dormir contigo, ¿vale?

—Perdona, ¿me lo puedes explicar?

—No quiero compartir tu cama. Es... demasiado íntimo.

James soltó una carcajada sardónica.

—¿Y lo que hicimos hace un par de horas no lo era?

—Era sexo, nada más —replicó ella, ruborizada.

—¿Qué es lo que te asusta tanto de la intimidad?

—¿Por qué me haces preguntas estúpidas? —quiso saber, irritada.

—Quiero comprenderte.

—Y yo que pensaba que solo me querías por mi cuerpo...

—Imagino que es el caso de la mayoría de los hombres, pero a mí me gusta pensar que soy un poco menos superficial.

Ella alzó la barbilla, desafiante.

—Pues, ¿sabes lo que te digo, *cariño*? Que mi cuerpo es lo único que ofrezco. Lo tomas o lo dejas.

James quería ponerla en evidencia. Su mente le ordenaba marcharse, pero su deseo no se había apaciguado tras acostarse con ella. De hecho, no había hecho más que aumentar su avidez.

Generalmente, sabía cómo controlar el deseo, pero con ella era incapaz.

—Ven aquí.

—¿Por qué no vienes tú? —preguntó ella, desafiante.

—Te lo he pedido yo primero —contestó él, sintiendo la excitación en la entrepierna.

Ella agitó el pelo sobre sus hombros y, al hacerlo, se le abrió un poco la bata y su seno izquierdo quedó al descubierto.

—No me lo has pedido, me lo has ordenado.

—¿Y...?

—Pídemelo con educación.

James estaba tan empalmado que dudó que pudiera dar un paso adelante.

—¿Quieres que te lo suplique?

Los labios de Aiesha esbozaron una sonrisa seductora mientras se acercaba lentamente hacia él despojándose de la bata, que cayó en el suelo formando un charquito de seda.

—¿Lo harías?

—Creo que me conoces lo suficiente para saberlo.

Contuvo el aliento cuando ella recorrió con la yema del dedo la uve que formaba la bata sobre su pecho. El dedo se deslizó hacia su ombligo y describió lentos círculos a su alrededor, mientras Aiesha lo miraba fijamente a los ojos.

—¿Quieres que baje más? –preguntó.

—¿Cuánto estás dispuesta a bajar?

El corazón de James latió con fuerza cuando ella deslizó las manos por su cuerpo y se arrodilló frente a él.

—¿Te parece lo suficientemente bajo?

Su cálido aliento aleteó junto al miembro rígido, atormentándolo, torturándolo con la promesa de su erótica posesión. Él trató de mantener el equilibrio mientras la boca de ella se acercaba cada vez más.

—Espera, voy a sacar un preservativo.

Se sacó uno del bolsillo de la bata y se lo pasó.

—¿Quieres hacer los honores?

—Será un placer –contestó ella con los ojos brillantes.

James contuvo la respiración mientras ella rasgaba el envoltorio con los dientes. Tras escupir el trozo a un lado, lo desenrolló sobre su miembro y lo terminó de ajustar con los dedos, volviéndole loco con cada pasada de su mano.

Ella se acercó más, aspiró su fragancia y rozó el

miembro con la lengua, provocándole una reacción eléctrica incluso a través del látex. Volvió a tocarlo, esta vez recorriéndolo en toda su longitud, desde la punta hinchada hasta la gruesa base. James sintió que se le erizaba el cuero cabelludo y que le hormigueaba la parte trasera de las rodillas.

Su lengua volvió a subir hasta la punta, donde descubrió varios círculos antes de que la boca, húmeda y cálida, lo succionara entero. Él gimió mientras ella lo lamía, lentamente al principio, con mayor intensidad y rapidez después, hasta hacerle perder el control.

Le sujetó la cabeza, agarrando mechones de su pelo con los dedos, pero ella no estaba dispuesta a soltarlo. Lo llevó al éxtasis y a continuación se soltó, mientras él se perdía en el clímax. Varias oleadas de intenso placer se sucedieron mientras él se vaciaba, estremecido.

Sonrió, seductora, mientras se ponía en pie pegada a él, restregando sus senos y su pelvis, caliente y tentadora, contra su cuerpo. Aiesha era su fantasía erótica hecha realidad: abrasadora, lujuriosa, juguetona y, a la vez, sensible y sensual.

–¿Listo para el siguiente asalto? –preguntó ella.

James se pasó las manos por el alborotado cabello.

–Antes necesito otro preservativo.

Ella deslizó las manos por sus pectorales.

–¿No tendrás otro convenientemente metido en el bolsillo de la bata?

–Por desgracia, no.

–Pues es tu día de suerte, porque yo tengo uno en la mía –repuso ella con ojos traviesos.

James la vio caminar hacia la bata tendida en el suelo y sacar un preservativo, poniéndose a cien con cada uno de sus movimientos. La manera en que se agachó, ofreciéndole una vista completa de sus largas y esbeltas piernas y de su trasero perfecto. La manera en que volvió a acercarse a él, mostrándole gloriosamente los senos respingones rematados por unos pezones de color rosado.

Su cuerpo era el templo de las tentaciones: largo, delgado, curvilíneo, tonificado. Su pelo, brillante y seductoramente alborotado; su boca, húmeda y jugosa. Y él respondía a todo ello con cada célula de su cuerpo, ansiando unirse a ella.

Aiesha volvió a abrir el envoltorio con los dientes y lo desenrolló sin prisas, sosteniéndole la mirada. Él la tomó por los hombros, la atrajo hacia sí y la besó apasionadamente. La boca de ella se abrió para bebérselo, para devorarlo entero. Era un beso febril, urgente, desesperado.

Las manos de él se deslizaban por todo su cuerpo, por sus senos, sus caderas, sus curvas, amasando, acariciando, atormentando con promesas que no acababan de cumplirse, hasta que ella comenzó a suplicarle.

–Ahora, por favor, ahora... –le rogó.

–Todavía no –replicó él mordiéndole el labio inferior–. No seas tan impaciente.

Ella le mordió a su vez, con más fuerza.

–Te quiero dentro de mí.

Él la empujó hasta la pared más cercana sin dejar de besarla.

–¿A qué viene tanta prisa?

Ella agarró sus nalgas y lo atrajo hacia sí. James aspiró la fragancia caliente y almizclada de la excitación femenina y sintió un ansia abrumadora de poseerla. Deslizó un dedo en su interior y acarició el capullo hinchado e implorante de su sexo mientras sus lenguas se enredaban en un baile lujurioso, en una excitante batalla por hacerse con el control.

–Te quiero dentro, ahora –dijo ella agarrándolo por el pelo.

James la volteó de manera que Aiesha quedara de espaldas a él, y apoyó las manos en la pared. No fue necesario separarle las piernas; ella ya había adivinado sus intenciones. Emitiendo un suave gemido restregó su trasero contra su miembro erecto, apremiándole a entrar. Fue una invitación que no pudo declinar. La penetró con una embestida húmeda y profunda que le produjo un placer electrizante. Ella lo recibió apretando su interior en torno a su sexo, mientras él se mecía hacia adelante y hacia atrás, aspirando la fragancia de su pelo contra su cara. Aiesha emitía pequeños jadeos y suspiros de placer que lo animaban a empujar a más velocidad y con más fuerza.

La sujetó por las cadera, apretando los dientes para evitar correrse demasiado pronto. Ella se puso de puntillas, buscando una fricción más directa mientras él acariciaba su sexo henchido y mojado. Cuando sintió las contracciones de su orgasmo, él también se dejó llevar por una vorágine de sensaciones estremecedoras.

La mantuvo ensartada contra la pared mientras decaía su erección. El cabello de Aiesha le hacía cosquillas en la mejilla; su aroma jugueteaba con sus fosas nasales. Le apartó el pelo y la besó suavemente en el cuello, deleitándose con los estremecimientos que le provocaban sus caricias.

–¿Te gusta que te haga eso? –preguntó.

–Mmmm –suspiró ella.

Él la besó en el hombro y ella ronroneó de placer. Se preguntó si se mostraría igual de receptiva con otros hombres. La sola idea le molestó. Imaginársela con otros amantes le producía una sensación desagradable en el estómago. Nunca había sido celoso, pues ninguna de sus amantes le había dado razones para ello. Sabía que había habido otros hombres en la vida de Aiesha; era injusto esperar otra cosa en estos tiempos.

¿Con cuántos habría estado?

¿Acaso importaba?

James dio un paso atrás y se quitó el preservativo mientras trataba de devolver su doble rasero a los tiempos medievales a los que pertenecía. La experiencia que Aiesha tuviera no era asunto suyo. Además, su relación no iba a durar más que un par de semanas. No podía prolongarse más. Aiesha estaba resentida por el mundo al que pertenecía James; él ni siquiera le caía bien. Lo veía como un trofeo que exhibir, una casilla que marcar. Puede que disfrutara acostándose con él, pero no buscaba nada más.

Y él tampoco... ¿o sí?

Aiesha recogió la bata del suelo y se cubrió los hombros con ella mirándolo fijamente.

–No ha habido tantos como piensas.

James se ató el cinturón de la bata antes de responder.

–¿Tantos qué?

–Hombres, amantes. Los periodistas me tacharon de fulana, pero no soy de las que se acuesta con un hombre distinto cada noche. Tú eres el primero este año.

–No está mal teniendo en cuenta que estamos a diez de enero.

Sus labios esbozaron una leve sonrisa.

–¿Tienes hambre?

–¿Quieres desayunar?

Ella deslizó las yemas de sus dedos por su antebrazo.

–¿Eres de los que se levantan pronto?

–Cuando hace falta. ¿Y tú?

Ella lo miró, seductora.

–Yo soy muy flexible –le desató el cinturón de la bata y le acarició lentamente el abdomen–. Me tomo cada día como viene.

Él contuvo el aliento.

—Menos mal que la nieve se está deshaciendo porque a este paso me voy a quedar sin preservativos.

Ella le pasó un dedo por la mandíbula, cubierta por una barba incipiente, y por el labio inferior.

—Tendrás que estar mejor preparado en el futuro.

¿En el futuro? ¿Qué futuro? Aquello no podía continuar indefinidamente. Aiesha no establecía vínculos afectivos con la gente, a menos que sirviera a sus intereses. ¿Cómo podría James asegurarse de su deseo de estar con él independientemente del prestigio y la protección que ofrecían su nombre y su dinero? Viviría siempre bajo la sombra de la duda. ¿Era él a quien quería? ¿O eran más bien todas las cosas que podía darle?

James la tomó por los hombros.

—Eres consciente de que lo nuestro acabará a fin de mes, ¿verdad?

Ella sonrió, burlona.

—Pues claro. Me pagas para que haga un papel. ¿Estás contento con el servicio hasta el momento?

Él bajó las manos y se apartó.

—No lo hagas.

—¿Que no haga qué? —preguntó ella haciéndose la inocente—. Dilo con todas las letras. Venga, James, no seas tan mojigato. Me pagas por ser tu amante. ¿Acaso no tenéis una todos los ricos? Desde luego, tu padre sí. Hasta se parece un poco a mí, ¿no crees?

James apretó los dientes. Le estaba haciendo rabiar deliberadamente, era su pasatiempo favorito. Le molestaba que la situación no pareciera preocuparle en lo más mínimo. Aiesha lo había tenido en su punto de mira desde el principio y lo había conseguido. Ahora representaba el papel de putilla para hacerle sentir culpable. Sabía perfectamente que odiaba que lo compararan con su padre, y ella se aprovechaba. ¿Pero qué esperaba obtener con ello? ¿Más dinero, venganza? ¿Lo hacía por gusto simplemente? ¿No estaba demostrando con su actitud lo poco que le importaba él como persona?

—Ahora mismo eres mi prometida. Y eso es lo que van a creer los periodistas hasta que yo les diga lo contrario. ¿Entendido?

—Pues entonces más vale que te des prisa y me compres un anillo caro y enorme. De lo contrario, nadie te creerá.

James masculló una imprecación.

—Quiero que estés lista a la hora de comer. Si no podemos ir en coche, alquilaré un helicóptero para que nos saque de aquí.

Capítulo 10

AIESHA se alegró de que James estuviera enfadado. Durante el viaje a París, él mantuvo las distancias y apenas habló con ella, dedicando toda su atención al ordenador portátil. Parecían dos extraños realizando el mismo trayecto. Algo que Aiesha agradeció, pues necesitaba algo de tiempo para poner orden en sus pensamientos. Desempeñar un rol que no coincidía con sus sentimientos empezaba a confundirla. No estaba acostumbrada a «sentir». Los sentimientos eran peligrosos, como también lo eran el apego y los vínculos emocionales. Y ella podía vincularse físicamente a alguien, pero no emocionalmente.

Así solían comportarse los hombres. El sexo era una necesidad física como otra cualquiera. No iba a cometer la estupidez de enamorarse, no de James, no del hombre que nunca correspondería a su amor. ¿Por qué iba a hacerlo? Ella había destrozado a su adorada familia. Sabía que no estaba muy unido a su padre, pero una relación con ella solo empeoraría las cosas. Puede que Louise, su madre, la aceptara, pero eso solo en el mejor de los sueños. El mundo del que Aiesha provenía era tan diferente que bien podría ser otro planeta. ¿Cómo superar el abismo que los separaba? Todo el mundo la miraría con desprecio, esperando a que metiera la pata, a que dijera lo que no debía, a que se ataviara con algo poco apropiado, a que ultrajara aún más el apellido Challender.

Pensar en un futuro con James era una estupidez. Él nunca se permitiría amar a una mujer tan poco indicada para él. Aiesha cantaba en un club nocturno en la Ciudad del Pecado, y las chicas como ella no aspiraban a finales de cuentos de hadas. Cuanto antes lo aceptara, mejor.

Los periodistas no aparecieron hasta que llegaron a su pequeño y elegante hotel, a escasa distancia de la Torre Eiffel. James tomó a Aiesha de la mano y la condujo por el vestíbulo, contestando en fluido francés al bombardeo de preguntas proveniente de la masa de reporteros y fotógrafos allí congregados. El escaso francés que sabía le permitió entender que James manifestaba su alegría por el compromiso y anunciaba que la boda tendría lugar ese mismo año.

Sin perder la sonrisa, James la llevó hasta el ascensor privado que subía directamente a la habitación de la última planta. Pero una vez se cerraron las puertas, apartó la mano de su cintura y soltó una imprecación.

–Esto es ridículo. ¿Cuánto tiempo nos van a acosar así? Si ni siquiera somos famosos. ¿Por qué les interesamos tanto?

Aiesha se apoyó en la barandilla de metal del ascensor.

–Eres rico y guapo. La gente quiere saber lo que haces y con quién lo haces.

Él se pasó la mano por el pelo con el ceño fruncido. Aiesha sabía que odiaba la atención de la prensa porque le hacía aparecer como su padre, entrando en un hotel con su última amante. James era muy reservado en lo referente a su vida privada, y para él sería una tortura pensar que cada uno de sus movimientos estaba sujeto a especulaciones y comentarios.

Y la presencia de Aiesha en su vida no hacía más que intensificar las especulaciones. ¿Sería esa la razón por la que estaba tan tenso? En Lochbannon había podido evadirse de la realidad, pero ahora todo el mundo lo perseguía en pos de una exclusiva sobre el compromiso y los planes de boda.

A Aiesha no le sorprendía que estuviera tan agitado e irascible. Una razón más para demostrar que ella no estaba... aunque lo estuviera. Desesperadamente.

–He pedido que te traigan vestidos, uno para esta noche y otro para la cena de mañana –anunció–. También he solicitado que venga un joyero a la habitación para que elijas un anillo –miró con preocupación su reloj de pulsera–. Estará aquí dentro de un par de horas.

–Entonces... –dijo Aiesha con una sonrisita–. ¿Qué hacemos hasta entonces?

–¿Es que no piensas en otra cosa que no sea sexo?

–Para eso me pagas, ¿no? –respondió ella mirándolo con picardía.

Cuando se abrieron las puertas, él la agarró por la muñeca y la sacó del ascensor como un captor haría con su prisionera.

–Estoy un poco cansado de tus comentarios baratos. No estaríamos en esta situación si no hubieras enviado ese *tweet*, ¿te acuerdas? –dijo él indicando la entrada a la suite del ático con un brusco gesto de cabeza.

–¿No voy a cruzar el umbral en tus brazos?

–Adentro.

Ella alzó la barbilla.

–Quiero mi propio dormitorio.

–Y yo que te quedes aquí conmigo.

–¿Y si soy yo la que no quiere estar contigo?

–Esta es tu habitación. Aquí, conmigo. Punto.

La agitación de Aiesha se transformó en ira. Le

clavó un dedo en el pecho, pero él no se movió ni un milímetro.

–Tú no me vas a decir dónde tengo que dormir, ¿estamos?

James le agarró la muñeca con fuerza y la miró fijamente.

–Sé lo que te propones, Aiesha. Quieres que pierda los estribos y reaccione como un idiota, que es lo que crees que somos todos los hombres. Pero no va a funcionar. Puedes provocarme todo lo que quieras, porque no te voy a dejar ganar. Te vas a quedar conmigo toda la noche, quieras o no –dio un paso atrás. Su expresión hacía gala de una envidiable serenidad–. Voy a reunirme con mi cliente. Cuando vuelva estarán aquí el anillo y los vestidos. No salgas del hotel hasta que yo regrese; los periodistas no se han marchado todavía.

Aiesha le lanzó una mirada rebelde.

–No me puedes dar órdenes.

Él abrió la puerta y la miró antes de marcharse.

–Acabo de hacerlo.

Aiesha esperó a ver a James salir del hotel y meterse en un taxi antes de tomar su abrigo y su bolso. No estaba dispuesta a aceptar que él le dijera lo que podía o no podía hacer. Necesitaba aire fresco. James no tenía ningún derecho a mangonearla como si ella careciera de voluntad propia. Ningún hombre tenía ese derecho.

Salió por una puerta lateral sin ser vista, pues acababa de llegar un miembro poco importante de una casa real europea y toda la atención de las cámaras se centraron en él.

Las calles estaban mojadas y resbalosas a causa de la nieve derretida y soplaba una brisa gélida y cortante. Bajó la cabeza para protegerse del frío y echó a andar velozmente para entrar en calor.

París era una ciudad preciosa en cualquier época del año, pero con la nieve tiñendo de blanco la Torre Eiffel, los edificios y el puente ofrecía una imagen especialmente pintoresca, como de ciudad antigua, eterna.

Aiesha caminó a lo largo del Sena. Los bancos alineados del paseo estaban recubiertos de nieve virgen, pues nadie se había sentado a observar el panorama a causa del frío glacial. Caminó durante más de una hora, al cabo de la cual comenzó a desandar sus pasos. Estaba a pocas manzanas del hotel cuando vio cómo ocurría. Un hombre de abrigo oscuro arrastraba a un perrito atado con correa. El animal no parecía muy contento, y agitaba la cabeza de un lado a otro intentando escapar. El hombre soltó una imprecación en francés y lo arrastró hasta un callejón.

A Aiesha se le heló la sangre en las venas. Su corazón empezó a latir con fuerza y, a pesar del frío, la frente se le cubrió de sudor. Cuando oyó al perrito gemir echó a correr en su dirección, como un atleta al oír el pistoletazo de salida.

–¡¡¡Nooooo!!! –gritó mientras corría, resbalándose y escurriéndose como un potro recién nacido. Se cayó y se hizo daño en las rodillas, pero logró levantarse con el corazón tan acelerado que apenas podía hablar–. Por favor, no le haga daño. Se lo pido por favor.

El hombre la miró como si estuviera loca. El mismo perrito se escondió detrás de las patas de su dueño.

–Está loca, ¿oui? –dijo el hombre.

Aiesha tendió la mano al frente como pidiendo la correa.

–Deme el perro.

El hombre tomó al animal y lo sujetó bajo el brazo derecho, mirándola con enfado.

–Apártese de mí.

Ella sacó el monedero. Le temblaban tanto las manos que varias monedas cayeron al suelo.

–Le pagaré. Mire, tome esto. Es todo lo que tengo. Deje que me quede con él. Se lo ruego, deme al perro.

El hombre hizo una mueca.

–Está usted loca. Ni siquiera es un perro de raza; tiene doce años y le faltan algunos dientes.

Aiesha estaba tiritando. Se sentía indispuesta y un martilleo en la cabeza la estaba mareando. En ese momento, apareció otra persona. Su voz, llamándola por su nombre, le resultó tan familiar que se dirigió a tropezones hacia él, llorando histéricamente.

–James, rápido. Tienes que hacer algo.

–¿Qué demonios está pasando? –James abrió su abrigo y la estrechó contra su pecho–. Tranquila, no pasa nada. Ya estoy aquí.

–Va a hacerle daño –gritó ella agarrándose desesperadamente a las solapas de su camisa–. Tienes que detenerlo; lo va a matar.

–¡Esta mujer está loca! –dijo el hombre–. Primero intenta robar el perro de mi mujer y luego trata de comprármelo.

James rodeó la cabeza de Aiesha con una mano mientras hablaba con el hombre en francés.

–Mi prometida cree que le va a hacer daño al perro.

–Es el perro de mi mujer –explicó el hombre–. Está en la cama, enferma, y yo me ofrecí a sacarlo a pasear. No le gusta la correa, pero, si lo dejo suelto, se escapará y entonces seré yo el que muera, ¿*oui*?

Aiesha miró a James.

–¿Qué está diciendo?

–Luego te lo explico –se volvió hacia el hombre–. Lamento el malentendido; espero que se mejore su mujer.

El hombre le dio unas palmaditas al perro, que le la-
mió la mano y lo miró con sus brillantes ojos.

–Vamos, Babou –le dijo al animal–. ¿No te digo
siempre que los ingleses están locos?

Aiesha se mordió el labio al ver que el hombre abría
la puerta de un bloque de apartamentos en el mismo callejón.

–Me imagino que vive ahí...

–Sí, con su mujer –James la miró, preocupado–. ¿Estás bien?

–Sí.

–No, no lo estás. Estás temblando.

–¿Podemos volver al hotel? –preguntó dando un suspiro tembloroso–. Estoy empapada, tengo frío y... necesito una copa.

Él la tomó de la mano.

–Creo que a mí también me vendría bien una.

James la rodeó con el brazo de vuelta al hotel. Aiesha
seguía temblando y tiritando, pero él quería que entrara
en calor antes de preguntarle sobre el incidente. El nu-
merito de la otra noche le había parecido fuerte, pero
esto era mucho peor. Nunca la había visto tan histérica,
tan descontrolada emocionalmente. Al principio pensó
que estaba en peligro. Al verla en aquel callejón enfrentándose a un hombre de rostro furibundo sintió un impacto en el corazón. Imaginar que alguien pudiera ata-
carla o lastimarla había tenido el mismo efecto que un
puñetazo en el plexo solar. Trató de convencerse de que
habría sentido lo mismo por una extraña, pero sabía
que no era verdad.

Se preguntó por qué habría reaccionado así. Si ni siquiera le gustaban los perros, o al menos, eso decía.
¿Por qué había tratado de rescatar a uno que ni siquiera

corría peligro? ¿Tendría algo que ver con su pasado? ¿Se lo contaría si él se lo pidiera, o le echaría una de esas miradas suyas y le diría que se metiera en sus propios asuntos? No podía presionarla demasiado; era algo que había aprendido por experiencia propia. ¿Se abriría a él alguna vez? Quería saber qué era lo que ensombrecía su mirada, por qué hablaba con tanta insolencia y chulería, por qué estaba siempre a la defensiva y se apartaba de cualquiera que le ofreciera la más mínima muestra de afecto.

—¿Cómo sabías dónde estaba? —preguntó cuando llegaron a su suite.

James le quitó el abrigo.

—Estaba en el taxi de vuelta al hotel y te vi echar a correr hacia el callejón. Al principio pensé que te estabas escondiendo de mí. Pagué el taxi y llegué justo en el momento en que estabas a punto de lanzarte sobre el pobre hombre. ¿Por qué lo has hecho? Pensé que no te gustaban los perros.

Ella se quitó la bufanda evitando su mirada.

—No me gusta que maltraten a los perros. Pensé que le estaba haciendo daño. Me he pasado, lo siento, todo ha sido culpa mía. ¿Podemos olvidarnos del tema?

—No, Aiesha —dijo él—. Quiero saber por qué te has puesto así. Cuéntamelo, dime por qué estabas tan histérica.

Al principio pensó que se negaría. Con la bufanda en la mano, la enrollaba una y otra vez, de manera mecánica, como si estuviera pensando en otra cosa. Pero entonces vio cómo se le caía la máscara; fue como si alguien le quitara la armadura pieza a pieza. Primero fueron los ojos, luego la boca, el cuello y los hombros. Finalmente, el cuerpo entero perdió su hermetismo.

—Debería haberlo sabido —dijo con una voz cargada

de culpabilidad–. Debería haber sabido que mataría a Archie para vengarse de mí.

A James le dio un vuelco el corazón.

–¿Quién era Archie?

–Mi perro –contestó ella con una tristeza abrumadora.

Una escena horrible se formó en la mente de James.

–¿Tu padrastro?

–Sí...

James la abrazó y apoyó la cabeza sobre la de Aiesha en un intento por absorber algo de su dolor.

–Pobrecita mía... –susurró.

Ella le rodeó la cintura con los brazos y, con la cara apoyada en su pecho, le habló de cosas que él deseó no tener que escuchar. Pero sabía que para ella era un momento catártico. Finalmente, estaba confiando en él, hablándole de su pasado, de su dolor, de por qué era como era. James pensó en la adolescente atemorizada y traumatizada que se escondía detrás de la máscara de insolencia y chulería. Su madre había sido capaz de verla, y se avergonzó de haber tardado tanto en hacer lo mismo. Siguió acariciándole la cabeza, dejándole confesar lo inconfesable, dejando que expulsara la rabia contenida que había albergado en su interior durante tanto tiempo.

Después, se produjo un silencio.

James no quería romperlo, pero la sentía tiritar por el frío y la conmoción. Se echó hacia atrás para ver su rostro, asolado por la pena, la ira y las lágrimas que habían tardado una década en derramarse de sus ojos. Se alegró de que lo hubiera elegido a él para desahogarse. Era un alivio y un honor. Por fin ella lo veía como alguien en quien confiar. Era una sensación agradable. Le secó las lágrimas con la yema del dedo pulgar.

–Voy a prepararte un baño caliente. Le diré al joyero que venga una hora más tarde.

Ella cubrió la mano de él y la mantuvo en su mejilla.

–James...

–Dime.

Aiesha se mordió el labio. Parecía muy joven y vulnerable, y James sintió una opresión en el pecho.

–Nunca le he contado esto a nadie... Ni siquiera a tu madre.

–Ojalá lo hubiera sabido hace diez años; habría tratado de ayudarte.

–Siento lo que pasó con tu padre. Lo único que quería era hacerle ver a tu madre que era un cerdo; no fui consciente de cómo te afectaría a ti.

–Yo sabía que mis padres no eran felices. Si tú no hubieras provocado su ruptura, mi madre habría sufrido en silencio Dios sabe cuánto tiempo. Sabes que no es de las que se rinden fácilmente.

Aiesha dio un largo suspiro.

–Le debo mucho. ¿Y cómo se lo pago? Fastidiando tu compromiso con Phoebe.

James se quedó sorprendido al darse cuenta de que llevaba días sin pensar en Phoebe. Le costaba trabajo recordar qué era lo que le gustaba de ella. ¿Gustar? ¡Se suponía que la amaba! ¿Pero la había amado realmente alguna vez? De Phoebe le gustaba que encajaba con su estilo de vida, que era desenvuelta, refinada en el hablar, muy leída y culta. Phoebe entendía las exigencias de su carrera profesional y estaba dispuesta a apoyarlo desde un discreto segundo plano.

Pero también había cosas en ella que no le gustaban, detalles pequeños que había ignorado deliberadamente. Phoebe no era intrépida ni traviesa ni en la cama ni fuera de ella, era todavía más seria y formal que él. No se interesaba en la gente que no pertenecía a su círculo social y nunca se detenía a hablar con el ama de llaves o el jardinero. Y, por supuesto, jamás de los jamases correría gritando por un callejón de París, poniendo su vida en peligro, para rescatar a un perrito...

—En estos momentos Phoebe estará probablemente con el amor de su infancia, Daniel Barnwell —dijo saliendo de su ensimismamiento.

Aiesha arrugó la frente.

—¿Y no te importa que te haya olvidado con tanta rapidez?

James se quedó agradablemente sorprendido al darse cuenta de que no le importaba tanto como debería.

—Salieron durante años. Cuando yo aparecí en su vida no hacía ni dos meses que habían roto.

—Al final va a resultar que te he hecho un favor —sugirió ella con ironía.

James la observó durante unos instantes, preguntándose si estaría tan confusa como él. ¿Qué pensaba realmente de su persona? ¿Le tenía afecto o lo estaba utilizando, como hacía con todos los demás?

—¿Qué harás una vez termine nuestra relación? —preguntó.

—Encontrar trabajo, pero no en Las Vegas. Quizá en un crucero, allí podría conocer a un hombre asquerosamente rico que me solucione la vida. Un viejecito que la palme en unos meses y me deje todo su dinero —compuso una media sonrisa—. ¿No sería alucinante?

James apretó los dientes. Lo estaba haciendo otra vez: pinchándole deliberadamente. Jugando. Haciéndole creer que era lo que no era. Ahora lo veía claramente, no era más que teatro. Puro teatro.

—No hablas en serio.

Ella caminó hacia el cuarto de baño meneando las caderas.

–Por supuesto que sí.

–No te creo. Quieres que todo el mundo piense lo peor de ti porque en el fondo crees que te lo mereces. Pero tú no eres así en realidad, Aiesha. No eres la chica mala que todo el mundo cree. Mi madre se dio cuenta. Yo me he dado cuenta. No me insultes fingiendo ser lo que no eres.

Ella lo miró desafiante desde el umbral del cuarto de baño.

–Mira quién fue a hablar. Puede que yo enviara el primer *tweet*, pero fuiste tú el que se inventó lo del falso compromiso. Por lo menos ten la honradez de llamarlo por su nombre: un rollo sucio, una aventura obscena –sus ojos refulgieron–. Y tú estás disfrutando cada minuto.

Cerró la puerta del baño de un portazo y James dio un respingo. Aiesha tenía razón. Que Dios lo amparara. Estaba disfrutando.

Capítulo 11

CUANDO Aiesha salió del baño no había ni rastro de James. Sobre la gran cama había varios atuendos: un vestido de cóctel de terciopelo azul oscuro y un precioso traje de noche negro satén con tirantes finos, unos guantes largos de color negro y una estola de plumas blancas. Había zapatos, un bolso de noche y una bandeja de joyero recubierta de terciopelo con varios anillos de diamantes. Ella eligió el más sencillo, uno de corte princesa que refulgió al deslizárselo en el dedo.

Sintió un aguijonazo en el pecho. Aquello formaba parte de la farsa. Los lujosos accesorios que la convertían en la Cenicienta del baile. Se puso el vestido de terciopelo, se recogió el cabello encima de la cabeza, se maquilló y se calzó los zapatos. Se giró frente al espejo para mirar cómo el vestido realzaba sus largas piernas y su esbelta figura. No era vanidosa, pero sabía que estaba guapa. Glamurosa, elegante, refinada.

Pero debajo de aquellas galas se escondía la chica de barrio con acento vulgar y parientes inapropiados. Toda ella era inapropiada.

La puerta de la suite se abrió y apareció James con un traje gris oscuro, una camisa blanca y una corbata roja y gris. Aiesha contuvo el aliento al tiempo que su corazón le saltaba en el pecho. Nunca lo había visto tan

imponente. Tan alto, tan sofisticado, tan impresionan-
temente guapo.

—Estás... —él pareció haberse quedado sin palabras—.
Espectacular.

Aiesha se pasó las manos por las caderas.

—Espero que no me hagas comer nada. Y tendremos
que rezar para que no me entren ganas de toser o estor-
nudar, porque no creo que esta cremallera lo aguante.

—¿Has elegido un anillo?

Ella le tendió la mano izquierda.

—Sí.

Él miró el anillo y luego a ella.

—¿No te han gustado los otros?

—No.

—Pero este es el más barato.

Aiesha lo puso a contraluz y observó cómo resplan-
decían sus facetas.

—A mí no me lo parece.

—No es que lo sea, pero...

—No te preocupes, James —dijo sonriendo brevemente—. Te lo devolveré cuando todo esto termine. Podrás dárselo a tu verdadera prometida.

Él se la quedó mirando largamente con la frente arrugada.

—¿Tengo los dientes manchados de carmín?

—No.

—Entonces, ¿por qué me miras así?

—He pensado que podríamos ir a tomarnos algo a algún sitio tranquilo. Conozco un bar acogedor en el que
tocan música suave. Podríamos tener una conversación
sin necesidad de gritar y gesticular.

¿Quería hablar con ella? Podía ser peligroso. Ya había hablado lo suficiente, ya le había contado demasiado.

–¿No voy demasiado arreglada?

–Estamos en París –contestó él–. Es imposible ir demasiado arreglado.

El bar al que la llevó estaba en Saint-Germain-des-Prés. Un pianista tocaba blues y jazz. El ambiente era cálido y acogedor y, aunque las bebidas eran increíblemente caras, Aiesha se permitió el lujo de pedir un cóctel de brillantes colores que, después de dos sorbos, hizo que le diera vueltas la cabeza. O quizá era la compañía de James la que provocaba esa reacción. Ya no estaba tan tieso y formal como antes. La miraba juguetear con su pajita con una sonrisa indulgente, como si hubiera resuelto un puzle complicado y estuviera satisfecho de sí mismo.

Por supuesto, el puzle era ella.

Tenía que reconocer que él había demostrado ser muy paciente al esperar a que ella bajara la guardia sin presionarla demasiado. Por otro lado, en ocasiones se había mantenido firme y no le había permitido manipularle. James lo había llamado «jueguecitos», y tenía razón. Ella jugaba con los sentimientos, era su manera de mantener las distancias con la gente.

Pero no había sido capaz de ocultarle sus secretos. James había descubierto casi todo sobre ella y, a pesar de eso, no la rechazaba... O, por lo menos, no lo haría hasta finales de mes, cuando cada uno de ellos tomara su propio rumbo.

Él seguiría adelante con su vida y encontraría una novia adecuada, una chica que no jugaría con los sentimientos, una chica a quien poder presentar a los amigos y compañeros de trabajo sin avergonzarse. No alguien que tenía el potencial de provocar situaciones embarazosas o de destruir su reputación.

¿Por qué tenían que ser las cosas de esa manera? ¿Por qué no podía ser ella la elegida? ¿Por qué no podría aceptarlo aun en el caso de que él la eligiera? Porque eso sería creer en los cuentos de hadas, y ella ya no era una niña que creía en hadas madrinas que, con un toque de sus varitas mágicas, hacían que todo acabara bien.

—Yo no me bebería eso con tanta rapidez —observó él.

Aiesha dio un par de vueltas a la pajita antes de beber otro sorbo.

—No te preocupes, James. No voy a avergonzarte poniéndome a bailar sobre las mesas.

James dejó de sonreír y arrugó la frente.

—Oye, ¿puedes prescindir de la armadura aunque solo sea esta noche?

—¿Qué armadura?

—Quiero verte sin la máscara de niña mala. Quiero que seas la chica de esta tarde en el callejón, la que adora a los perros, la que me dejó abrazarla mientras me contaba cosas que nunca le había contado a nadie.

Ella frunció los labios y bebió generosamente de su copa. Sintió un subidón que quizá no estaba causado por el alcohol. Quizá era por la posibilidad de bajar la guardia y conectar con alguien que era lo suficientemente listo e intuitivo como para apreciar lo que había detrás de su fachada.

Era bastante tentador...

¿Podría hacerlo? ¿Aunque solo fuera una noche? ¿Qué tenía que perder? James no se iba a enamorar de ella solo porque le mostrara su lado desconocido. Él le tenía cariño, como también se lo tenía a su madre. Eso no quería decir que la amara ni que deseara pasar con ella el resto de su vida. Era demasiado conservador, de-

masiado sensato para enamorarse de alguien que no
perteneciera a su círculo social.

Aiesha se quedó mirando la sombrilla rosa y naranja
de su cóctel.

—¿Por qué haces esto?

—No quiero que te escondas de mí. No quiero jueguecitos, los odio. No me voy a aprovechar de ti; no soy
ese tipo de hombre. A estas alturas deberías saberlo.

Aiesha lo miró un largo rato. Todo lo relacionado con
él era increíblemente especial: su paciencia, su sensibili-
dad, su gentileza. Le dio un vuelco al corazón al pensar
en el momento en que su relación acabara. ¿Cómo iba
ella a encontrar otro hombre que la comprendiera tan
bien? ¿Cómo iba a rellenar el gigante agujero de soledad
que se formaría una vez él saliera de su vida?

Dando un pequeño suspiro, volvió a mirar su copa.

—Siempre he odiado todo lo relacionado con mi infancia: la pobreza, la crueldad, el hecho de que nunca
encajaba en ningún sitio. Quería escapar, y la única manera de hacerlo era a través de la música.

—¿Cómo aprendiste a tocar el piano? —preguntó—.
¿Diste clases formales?

—Había un piano en la parroquia cerca de mi casa.
Iba y tocaba durante horas. Al párroco no parecía importarle y, al cabo del tiempo, empezó a dejar libros de
teoría musical donde yo pudiera verlos. Fui autodidacta.
Me costó aprender la técnica y escuchaba CDs siempre
que podía. Pero nunca seré lo suficientemente buena
como para tocar en ningún sitio, aparte de los sórdidos
clubes nocturnos.

—Pero si tocas como una profesional.

Ella torció la boca, en un gesto de autodesprecio.

—No tengo el valor de tocar delante de una audiencia
sobria. Por lo menos, no mi propia música.

Él se inclinó hacia ella y tomó la mano de Aiesha entre las suyas.

—Pero tienes muchísimo talento. La música que tocabas el otro día era tan emotiva, tan cautivadora... Parecía la banda sonora de una película. ¿Tienes más piezas como esa? ¿Temas que hayas compuesto tú?

Aiesha se miró la mano, acunada en la de él. El anillo de compromiso parecía tan de verdad, tan perfecto para su dedo. Él era perfecto. ¿Por qué había tardado tanto tiempo en darse cuenta? ¿O lo había sabido siempre? Era perfecto, pero ella no era la chica para él. No le traería más que problemas. ¿Y no le había causado los suficientes en el pasado?

—No te pareces en nada a él, ¿sabes? —dijo mirándolo a los ojos.

—¿A quién?

—A tu padre.

Su expresión se ensombreció. Retiró la mano y se apartó de ella.

—He pasado demasiados años de mi vida tratando de convencerme de ello.

—Es verdad, James —ahora fue ella la que buscó su mano, entrelazando sus dedos con los de él, fuertes y capaces—. A él solo le importa él mismo. Tú te preocupas por los demás. Mira si no cómo cuidaste de tu madre después del divorcio. Ella me contó que tú te aseguraste de que recibiera una parte justa de sus activos. Tu padre la hubiera estafado, pero tú la defendiste, hasta pagaste los honorarios de su abogado. Y le compraste Lochbannon. La visitas siempre que puedes. Te preocupas porque está saliendo con un tío al que no conoces. Si eso no es preocuparse por los demás, que venga Dios y lo vea.

Él sonrió mientras miraba sus manos unidas.

–Pensaba que mis padres estaban bien. No superfelices... pero bien. Supongo que no quería aceptar cómo era realmente mi padre. Mi madre, que es un trozo de pan, no quería destruir mi relación con él, pero tuvo que sacrificar mucho. Durante años soportó sus aventuras para que yo tuviera lo que ella consideraba una infancia normal. Ella había crecido en un hogar roto y sabía lo difícil que es la vida para los niños cuyos padres tienen la custodia compartida.

–Debió de ser duro averiguar cómo era de verdad.

–Lo fue. Pensé que toda mi infancia había sido una mentira, que todo aquello en lo que yo había creído era falso: el amor, el matrimonio, el compromiso. Me hizo cuestionarme si de verdad había parejas felices o si todas fingían una felicidad que no sentían.

–Estoy segura de que hay gente que acierta –dijo mirando cómo él le acariciaba el dorso de la mano con el pulgar. Su anillo de compromiso –su anillo de compromiso falso– centelleaba, burlón.

Él le dio la vuelta a su mano y la apretó con suavidad.

–¿Quieres bailar?

Aiesha le rodeó con los brazos mientras él la ponía en pie. Apoyó la cabeza sobre su pecho y él la condujo sin prisas hacia la pista. Entre sus brazos se sentía segura, amada.

¿Amada?

James no la amaba. James se preocupaba por ella, como hacía con todo el mundo. Era una persona responsable que se tomaba seriamente los problemas de los demás. Sería una locura soñar: ninguno de sus sueños se hacía nunca realidad. Ninguna de sus plegarias era nunca atendida. Sus planetas jamás se alineaban.

–¿Adónde vas? –preguntó él.

—¿Cómo que adónde voy?

—Has perdido el paso.

—Vale, bailo fatal, ¿pasa algo?

—Dijimos que te ibas a quitar la máscara.

Aiesha se mordió el labio inferior.

—No me resulta fácil...

—Lo sé —dijo él acariciando el labio recién mordido.

—Me cuesta trabajo dejar que la gente se me acerque. Rechazo a todo el mundo; no puedo evitarlo.

Él le acunó la mejilla con una mano.

—Conmigo puedes ser tú misma. No juegues con los sentimientos, limítate a ser tú misma.

Aiesha lo miró a los ojos.

—Tengo pesadillas. Unas pesadillas espantosas sobre lo que le ocurrió a Archie. Por eso nunca duermo con nadie, porque me da vergüenza despertarme gritando o... algo peor.

Le contó la verdad precipitadamente pero, en lugar de avergonzada, se sintió aliviada.

—Gracias —dijo él.

—¿Por qué?

Su rostro reflejaba una gran ternura.

—Por confiar en mí.

Aiesha se preguntó si él se daba cuenta de lo duro que le estaba resultando. Se sentía como si le hubieran abierto la cremallera y todo su ser estuviera en exposición: sus dudas, sus miedos, sus terrores, su vergüenza. Pero a él no parecía disgustarle. No la rechazaba, al contrario, la miraba con comprensión y preocupación. La aceptaba. Ella respiró hondo.

—¿Cómo haces para ser tan bueno teniendo un padre como el tuyo?

—Puedo ser malo cuando hay que serlo —dijo él sonriendo.

–Eso me gustaría verlo –dijo rodeándole el cuello con las manos.

Unas horas después, James cubrió con las sábanas a Aiesha, que dormía acurrucada como un gatito. Alisó el vello de sus cejas con una caricia, observando el movimiento agitado de sus párpados. Su belleza le contraía el corazón.

Cada vez que hacían el amor aprendía algo más sobre ella. La manera en que se expresaba físicamente demostraba que había en su ser mucha pasión reprimida. ¿Era un ingenuo al pensar que sentía algo por él? ¿Cuánto tardaría en sentirse lo suficientemente segura como para revelarle sus sentimientos? Le había dicho muchas cosas, pero no las que más quería oír. Él deseaba que confesara sus sentimientos, pero quizá era demasiado pronto. ¿Se asustaría si supiera cuánto la quería?

Ella se acurrucó contra él y abrió los ojos, somnolienta.

–¿Qué hora es?

–Las seis de la mañana; demasiado temprano para que te levantes.

Ella se restregó los ojos con el puño, como una niña pequeña.

–No suelo dormir tanto.

Él se llevó el puño a los labios y besó el nudillo de su dedo índice.

–Me ha gustado que durmieras junto a mí toda la noche.

–Por lo menos no me has manoseado.

–Menudo despiste... ¿Puedo hacerlo ahora o es demasiado tarde?

Ella rio y él le besó en el cuello, dándose cuenta de

que era la primera vez que la oía reír con tanta naturali-
dad.

–¡Para! –dijo, pegándole en broma–. Me estás haciendo cosquillas.

Él bajó hasta sus pechos y depositó un beso en cada
uno.

–En realidad no quieres que pare, ¿verdad?

–No, todavía no –respondió ella suspirando al notar
que descendía hasta su estómago.

–Podríamos pasar todo el día en la cama –sugirió él.

Ella contuvo el aliento al notar un mordisquito en la
cara interna del muslo.

–¿No tienes que hacer cosas de trabajo terriblemente
importantes?

–Pueden esperar –respondió dedicándole una sonrisa
chispeante.

Aquella noche, cuando Aiesha entró en el gran salón
del brazo de James, todas las miradas se centraron en
ellos. Los medios habían publicado la noticia de su compromiso después de que las fotos de ellos llegando al hotel hubieran dado la vuelta al mundo. La gente estaba fas-
cinada con su historia de amor. La niña de barrio y el
arquitecto de buena familia, locamente enamorados. Un
periodista había llegado a decir que su romance era como
una versión moderna de *My Fair Lady*.

Y así era en realidad. Aiesha estaba disfrazada y ac-
tuando, y James estaba perfecto en su papel protago-
nista. El evento de aquella noche era el escenario.

Los invitados eran gente guapa impecablemente vestida, ellas rebosantes de joyas, ellos vestidos de esmo-
quin. A pesar de llevar el elegante traje de noche negro,
Aiesha se sentía como un patito feo rodeado de cisnes.

No podía evitar pensar que en cualquier momento alguien le daría un golpecito en el hombro y la invitaría a marcharse. Por impostora, por pretender ser lo que nunca sería.

Vio que varias mujeres la miraban y hacían comentarios velados tras sus manos enguantadas. ¿Estarían cuestionando la salud mental de James al elegirla? ¿Se estarían riendo de ella tras sus corteses sonrisas? Sintió un aleteo de nervios en el estómago. ¿Y si ponía a James en evidencia haciendo o diciendo algo que no debía? ¿Y si ponía en peligro el contrato que estaba a punto de obtener? ¿No había perjudicado lo suficiente su buen nombre y su reputación?

James la tomó por la cintura para presentársela al anfitrión.

—Querida, te presento a Howard Sherwood. Howard, esta es mi prometida, Aiesha Adams.

Howard sonrió al estrechar su mano.

—Eres tan impresionante como me dijo James. Enhorabuena por el compromiso. ¿Cuándo será el gran día?

Aiesha se ruborizó. ¿De verdad no se daba cuenta aquel hombre de que era una impostora?

—Esto... todavía no hemos encontrado fecha. Estamos tan ocupados los dos, ya sabes...

—No os demoréis demasiado —dijo Howard—. Nunca he sido partidario de los compromisos largos, ni de vivir juntos indefinidamente. Es una pérdida de tiempo. Tienes que ponerte manos a la obra, ¿eh, James?, y hacer de ella una mujer honesta...

—Ese es el plan —repuso el aludido sonriendo.

Aiesha esperó a que Howard se diera la vuelta para saludar a otros invitados.

—Te estás volviendo un mentiroso consumado. Me preocupas.

–¿Qué quieres beber? –preguntó él con el rostro inescrutable.

–Champán –suspiró al ver que una nueva masa de gente irrumpía en el salón y tomaban fotos de ellos dos con sus móviles–. Que sea doble.

–Según las últimas noticias, somos la nueva pareja de moda –dijo él tendiéndole una copa de champán.

–No entiendo por qué. La verdad es que me sorprende que la gente se lo haya tragado. Esto solo demuestra lo tontos que son por creerse cualquier cosa que aparece en los periódicos.

Aiesha se bebió media copa de champán bajo la penetrante mirada de él.

–¿Qué pasa?

–¿Y si fuera de verdad? –preguntó él acariciándole la mejilla.

–¿Si fuera verdad qué?

–Lo nuestro.

Ella parpadeó.

–¿Lo nuestro?

–No tenemos por qué aparentar. Podríamos tener una relación de verdad.

Aiesha notó que le faltaba el aire. Debía de estar bromeando. La había convencido de que se quitara la coraza y ahora le estaba dando a probar su propia medicina. Flirteando, jugando, divirtiéndose con ella tal y como ella lo había hecho con él. Soltó una risita nerviosa.

–Muy bueno –dijo–. Casi me lo creo. ¿Te imaginas lo que diría tu padre si me metieras en la familia? Te desheredaría en el acto. Me sorprende que no lo haya hecho todavía.

James arrugó la frente. Pareció que iba a decir algo, pero se detuvo.

–James, lamento interrumpir –Howard Sherwood se

acercó con aire agitado–. Ha habido un problema con la actuación de esta noche. La cantante principal tiene migraña; me acaba de llamar su agente –se giró hacia Aiesha–. ¿Podrías sustituirla tú, Aiesha? James me dijo que sabes cantar. Sería solamente una hora, hasta que llegue la banda.

Aiesha sintió que se le volcaba el estómago.

–Yo... esto... no creo que...

–Hazlo, querida –la animó James–. Saldrá genial; le encantarás a todos.

–Por favor, Aiesha –insistió Howard–. Nos harías un favor enorme a mi organización benéfica y a mí. Han venido donantes de diversos países y se sentirán decepcionados si se cancela parte del programa. Estaré encantado de pagarte si es eso lo que...

–No, por favor –dijo Aiesha–. No es una cuestión de dinero. Lo haría gratis, pero...

–¡Maravilloso! –exclamó Howard dándole a James unos golpecitos en la espalda–. Te has buscado una mujer estupenda. Por cierto, en lo que respecta al contrato, considéralo firmado. Además, te voy a recomendar a unos colegas que tengo en Argentina. ¿Has oído hablar de los hermanos Alejandro y Luis Valquez? Están proyectando la ampliación de un complejo vacacional valorado en muchos millones.

Aiesha sintió que James le apretaba la mano. ¿Quién no había oído hablar de los hermanos Valquez? Eran dos de los hombres más ricos de Sudamérica. ¿Cómo iba ahora a negarse a cantar? Conseguir el contrato de los Valquez significaría tanto para James... Restituiría el esplendor que había gozado el imperio arquitectónico de los Challender en la época de su abuelo, incluso lo agrandaría. Aiesha respiró hondo y trató de superar sus miedos e inseguridades.

—¿Cuándo quieres que empiece?

James se sentó en la mesa presidencial y observó cómo Aiesha tocaba los primeros compases. Sus dedos se deslizaban con suavidad sobre las teclas y su voz cristalina le puso el vello de punta. Estaba cantando una de sus propias canciones. La letra, profundamente conmovedora, iba sobre sueños malogrados, amores perdidos y corazones rotos. El salón entero prorrumpió en aplausos mientras ella proseguía con otro tema, que versaba esta vez sobre esperanzas y anhelos secretos. La letra era muy oportuna y James sintió una profunda emoción. ¿Acaso no había ignorado él sus propios sueños y esperanzas? Se había centrado tanto en el trabajo, en reconstruir todo lo que se había perdido diez años atrás que había descuidado su vida sentimental. Se había convertido en un autómata, y elegido a una prometida por la que no sentía nada más que un apacible afecto.

Por Aiesha sentía pasión. Ella le hacía sentir vivo, dispuesto a enfrentarse a quien hiciera falta.

La amaba. Lo supo con la misma certeza con la que sabía que ella se estaba ganando a la audiencia. Estaba tocando la fibra sensible del público. James vio cómo algunas mujeres se llevaban un pañuelo al rabillo del ojo, cómo a algunos hombres maduros les costaba tragar saliva de la emoción.

Eso era exactamente lo que Aiesha estaba destinada a hacer: cantar como un ángel, tocar su música, emocionar a la gente. Estaba desperdiciando su talento cantando ante el apático público de un club nocturno. ¿Por qué no había intervenido antes y la había sacado de allí? ¿Acaso no había estado pidiendo ayuda a gritos desde que su madre se la llevó a casa? Él le había dado la espalda, la había rechazado, como hacía todo el mundo.

Pero todo eso iba a cambiar. Le pediría que se casara

con él, se arrodillaría ante ella y le diría lo mucho que la amaba. Construirían un futuro juntos y tendrían una familia. La familia que siempre le había faltado. Pensó en los hijos que tendrían: una niña de brillantes ojos grises y sonrisa traviesa, o un niño serie de expresión seria y ojos azul oscuro.

Lo quería todo. Quería hacerla feliz, compensarla por su triste infancia, por la angustia y decepciones que había sufrido a lo largo de su vida.

Sería su caballero de brillante armadura, su príncipe azul, su defensor, su salvador. Su amante, su mejor amigo. Ella ya no tendría que defenderse de nadie, porque él la haría sentir segura, él la haría sentir amada.

Una vez terminada la actuación, Aiesha se puso en pie y se inclinó ligeramente ante el público. El aplauso fue clamoroso. Nunca había oído algo así. ¿De verdad la estaban aplaudiendo a ella? Había tocado sus propias canciones. ¿Por qué? Porque no había querido llevar nada que le recordara a su vida en Las Vegas a aquel salón. Esta era su única oportunidad de demostrarle a todo el mundo de lo que era capaz.

Por primera vez en su vida había tocado los temas con cada fibra de su ser. Había abierto por completo su corazón a la música, al público, a James. Había usado la música para llegar a él, para decirle todas las cosas que no era capaz de decirle en persona. ¿Habría dicho en serio lo de tener una relación de verdad? ¿A qué se refería? ¿A una relación permanente?

¿Pero qué más daba si hablaba en serio o no? Seguir con la relación perjudicaría la carrera profesional de James. ¿Cuánto tiempo pasaría antes de que algún asunto sucio relativo a su familia saliera a la luz poniéndole en ridículo? Y ahora que estaba a la vista el contrato con los Valquez tenía más que perder. El pasado de Aiesha siempre estaría ahí. Y siempre habría algún periodista sin escrúpulos dispuesto a hurgar en él. Era mejor desaparecer antes de ocasionar auténticos daños. Antes de hacerse demasiadas ilusiones. Antes de bajar la guardia lo suficiente como para que James supiera lo que sentía por él...

Las cámaras relampaguearon y el salón se vino abajo mientras regresaba a la mesa, donde James, y el resto del público, se pusieron en pie para ovacionarla.

Él la estrechó entre sus brazos.

–Has estado increíble, querida –dijo–. Absolutamente increíble.

Aiesha compuso una mueca de modestia.

–Me equivoqué en una nota al principio. Espero que no haya expertos entre el público. Se nota que no soy más que una aficionada.

Él le tomó las manos y la miró, pensativo.

–Siempre haces lo mismo.

–¿Qué?

–Menospreciarte.

–Simplemente me adelanto a los demás.

–¿Señorita Adams?

Un hombre se acercó con una tarjeta de visita en la mano.

–Me llamo George Bassleton. Trabajo de cazatalentos para un estudio de grabación de Londres. Me encargo de contratar a músicos prometedores. ¿Estaría interesada en venir al estudio para hacer una prueba de sonido?

Aiesha tomó la tarjeta con manos temblorosas.

–Yo... Gracias.

–Podría convertirse en la nueva estrella musical –dijo George Bassleton–. En la nueva Amy Winehouse o Norah Jones. Tiene una voz única, con alma. Llámeme cuando esté de vuelta en Londres.

El hombre volvió a su mesa y James sonrió.

–¿Ves? ¿Qué te dije? Eres una estrella en ciernes.

Ella soltó un suspiro rápido.

–¿Crees que podría ausentarme un minuto y tomarme un respiro? Tanta atención me está mareando.

–Vamos –dijo tomándola de la mano–. Sé exactamente adónde ir.

Aiesha lo siguió hasta un enorme arreglo floral, detrás del cual había un saloncito con dos sillas de terciopelo y una mesita baja. James pidió a un camarero un cubo de hielo, una botella de champán y agua mineral fría con una rodajita de lima. Esperó a que ella hubiera bebido el agua mineral para arrodillarse ante ella.

–¿Qué haces? –preguntó Aiesha mirando las patas del sillón–. ¿Se te ha perdido algo?

Él tomó la mano de Aiesha entre las suyas.

–He estado a punto de perderte a ti.

Aiesha se mordió los labios. Había llegado la hora de volver a ponerse la máscara, aunque ya no estaba tan cómoda con ella como antes.

–Oye, ya sé que mi música es sentimental, pero me estás poniendo los pelos de punta. Da la sensación de que me vas a pedir en matrimonio, lo cual sería una estupidez para un hombre en tu situación.

Él arrugó la frente.

–¿Por qué?

–¿Tú y yo? –preguntó ella soltando una de sus risitas–. ¿Estás loco? Nos mataríamos antes de que terminara la luna de miel. Pero te agradezco la intención.

Él le agarró las manos con fuerza.

–Aiesha , te quiero. No sé desde cuándo, pero lo cierto es que ha ocurrido. Quiero casarme contigo. Lo digo en serio, no es una broma ni una trampa. Quiero que seas mi esposa.

Aiesha se puso en pie con tanta precipitación que estuvo a punto de hacerle perder el equilibrio.

–El problema es que yo no te quiero a ti.

Él se incorporó a su vez y la sujetó por los hombros.

–Eso es mentira. Claro que me quieres: lo veo en tus ojos, lo siento cuando hacemos el amor. Me quieres, pero tienes miedo de decirlo porque... La verdad es que no sé por qué. Puede que sea porque nunca te ha amado nadie. Pero yo sí. Y mi madre también. Eres la mujer que llevo esperando toda mi vida.

Aiesha deseó decir lo mismo, pero las palabras quedaron atrapadas en su pecho. Tantos años de angustia, decepciones y esperanzas rotas las habían enterrado en lo más profundo de su ser. Había querido a su madre. Y a Archie. Y ambos habían sido arrancados de su vida, rompiéndole el corazón, dejando en su interior un inmenso y doloroso vacío.

Más le valía huir de aquello mientras pudiera. James lo superaría; encontraría a alguna otra chica perteneciente a su agradable y ordenado mundo.

–Lo siento, James –dijo mirándolo con frialdad–. Créeme, lo hago por tu bien. Eres un tipo estupendo, pero demasiado bueno. Me aburres.

–No te creo. Tú quieres lo mismo que yo, lo sé. ¿Por qué no lo reconoces?

–No montemos una escenita; no sería bueno para tu imagen. Howard Sherwood podría pensarse dos veces lo de recomendarte a esos amigos ricos que juegan al polo.

–¿Crees que importa eso? A mí solo me importas tú. Lo dejaría todo por ti. Todo.

Aiesha se preguntó si sería consciente de lo cerca que estaría de perderlo todo si se quedaba con ella. A nadie le gustaban los escándalos. Ni en su familia, ni en su círculo social, ni en el entorno laboral. ¿Qué pasaría con el contrato millonario si su padre o su padrastro ofrecieran una exclusiva a la prensa? Le sorprendía que no lo hubiera hecho todavía ninguno de los dos. Podrían ganar dinero, mucho dinero. Y James volvería a pasar vergüenza, la vergüenza que ella cargaba consigo como un sórdido equipaje. No podía escapar de su pasado, este siempre estaría ahí, acechándola, esperando a que llegara el mejor momento para hacer acto de presencia.

–Voy al lavabo –dijo–. Te veré en el salón; hablaremos de esto más tarde.

Él la miró con dureza.

–¿Te crees que soy idiota? Te marcharás tan pronto como me dé la vuelta. Es lo que hacen los cobardes, Aiesha. Pensé que tú eras más fuerte, más dura, pero veo que me equivocaba.

Ella le plantó cara con determinación.

–No soy una cobarde –protestó mientras pensaba: «Lo estoy haciendo por ti, ¿no lo ves?»–. No te atrevas a llamarme eso.

–Adelante –la animó él, con los labios apretados–. Vete, huye de lo que sea que te asusta. A ver hasta dónde llegas antes de darte cuenta que has dejado atrás todo lo que te importa.

–Tú no me importas, James –repuso ella fingiendo dura indiferencia–. Lo que me importa es tu dinero; es lo único que quiero de los hombres. Quizá pudiera volver con tu padre, ahora que soy mayor de edad. ¿Me pasarás su número de teléfono?

Él la miró con asco.

–Búscalo tú misma.

Y sin más, se dio la vuelta y se marchó.

Capítulo 12

Dos semanas después...

James miró su teléfono por enésima vez. No había llamadas perdidas ni mensajes de texto. Sabía que estaba siendo un cabezota al negarse a ponerse en contacto con Aiesha, pero quería que ella dejara de jugar con sus sentimientos. No debería haberse tomado en serio el comentario sobre su padre. Estaba claro que no iba a buscarlo; estaba demasiado ocupado bronceándose en la playa de un exclusivo hotel en Barbados en compañía de, no una, sino dos chicas a las que doblaba la edad.

James se pasó la mano por el pelo. Hasta su madre tenía una vida amorosa mejor que la suya. Estaba de vacaciones con Richard en el desierto australiano, acampando bajo las estrellas mientras él estaba ahí sentado lamentándose de su pérdida.

Los periodistas había actuado como era de esperar ante la ruptura del compromiso con Aiesha. Las especulaciones habían sido brutales, pero él había hecho lo posible por ignorarlas. Tenía cosas más importantes por las que preocuparse. Quería que Aiesha volviera a él, que lo buscara. Él le había ofrecido su corazón y ella lo había tirado a un lado, como un niño cuando termina de jugar con un muñeco.

¿La había juzgado mal? ¿Había estado ella tomándole el pelo todo el tiempo? Pensó en cómo hacían el amor. Era imposible que esa intimidad inigualable hubiera sido fruto de su imaginación. ¿Y la manera en que le había confesado sus peores pesadillas? Se había abierto a él como nunca se había abierto a nadie. De eso estaba convencido. La conocía. La amaba.

Se apartó del escritorio soltando una imprecación. ¿Cuánto tiempo iba a tardar? Era un hombre paciente, pero aquello estaba rozando lo ridículo. La echaba de menos. Ardía en deseos de estar con ella, especialmente ahora que su carrera estaba a punto de despegar. Se había enterado por la prensa de que había conseguido un contrato de grabación. Aquella noche, en Berlín, tenía su primer concierto, como telonera de un grupo muy conocido que había vuelto a los escenarios. Era una oportunidad increíble para darse a conocer. Por lo que había leído en la prensa, si aquella noche era un éxito, se uniría al grupo en su gira mundial.

El móvil parpadeó sobre el escritorio; acababa de recibir un mensaje. Lo tomó rápidamente, pero cuando miró la pantalla vio que no era un mensaje de texto, sino un *feed* de noticias de una red social. La lectura del artículo hizo que el estómago le diera un vuelco. El padrastro de Aiesha había dado una exclusiva con todo lujo de detalles. No eran más que una sarta de mentiras. Le dolió leer cosas tan desagradables sobre alguien a quien amaba tanto. El periodista, por supuesto, había ido más allá y había incluido fotos de Clifford y del rol de Aiesha en el divorcio de sus padres. Hasta había una foto de su padre biológico a la salida del juzgado en el que lo habían condenado a una pena de prisión. La vergüenza podría estropear su gran noche. ¿Y quién estaría allí para protegerla y consolarla?

Buscó una página de reservas aéreas en su ordenador.

Estaría él.

—¿Señorita Adams?

Kate Greenhill, directora de eventos, asomó la cabeza en el camerino de la sala de conciertos de Berlín.

—Sale en cinco minutos.

Aiesha se reajustó los pendientes tratando de contener el revoloteo que sentía en el estómago. Tendría que acostumbrarse a aquello si le pedían que se uniera a la gira. Nervios. Pánico. Dudas. ¿Y si se equivocaba en una nota? ¿Y si no le salía la voz? ¿Y si no le gustaba al público?

—Gracias, Kate. ¿Cómo es el público?

Kate sonrió al espejo bordeado de bombillas.

—Hay muchísima gente. Se han vendido todas las entradas. Si te soy sincera, creo que han venido a oírte a ti, no al grupo. A los chicos no les vas a gustar nada, se supone que esta es su oportunidad de volver a los escenarios.

Aiesha sabía que tenía que sentirse satisfecha. Orgullosa de lo que había conseguido a pesar de la adversidad. La habían contratado como telonera en el primer concierto de la gira de reencuentro del grupo. Le iban a producir un álbum. Tenía ante sí un porvenir de fans, fama y fortuna.

Pero estaba sola. Desesperada, dolorosamente sola.

James no se había puesto en contacto con ella ni una vez. Sabía que era lo mejor. Tenía que distanciarse de ella, sobre todo ahora que su padrastro había vendido su historia a la prensa. No podía haber sido más oportuno. El cuento escabroso de la adolescente descarada que había intentado seducirle se había propagado como la pólvora. Los medios habían desempolvado fotos del pasado, lo que había renovado el interés en el escándalo del padre de James. Este y Louise debían de estar avergonzadísimos. Hasta había una foto del padre de Aiesha en el juzgado el día que fue condenado a prisión.

Encantador. Absolutamente encantador.

Su relaciones públicas le había asegurado que toda publicidad era buena en los comienzos de su carrera como solista, pero Aiesha no estaba tan segura. Quería distanciarse de su pasado. Ser conocida por su música, y no por su problemas familiares o su conducta de años atrás. Sería diferente si fuera una estrella del rock, pero no era el caso. Ella cantaba baladas de amor a ritmo de blues y jazz.

Louise Challender le había enviado rosas y un cariñoso mensaje. Aiesha había estrechado la tarjeta contra su pecho y llorado tanto que la maquilladora se había puesto de los nervios.

La tarjeta decía: *Siempre supe que lo conseguirías. Te quiere, Louise*.

Pero no lo había conseguido. Todavía no. Y quizá no lo conseguiría nunca si las historias de su pasado seguían reapareciendo como un mal olor en el lanzamiento de un perfume.

Kate volvió a asomar la cabeza.

—Dos minutos.

Aiesha dejó escapar un tembloroso suspiro. No había calentado las cuerdas vocales. No estaba centrada ni preparada. Aquello no estaba yendo como había imaginado. Le encantaba componer canciones y trabajar en el estudio con el equipo de grabación, pero actuar delante de una multitud no le estaba resultando tan excitante como pensaba. ¿Qué sentido tenía cantar esas emotivas letras cuando la única persona que le gustaría que las escuchara no se encontraba entre el público?

La muchedumbre bramó estrepitosamente cuando Aiesha salió al escenario. Un brillante haz de luz proyectado sobre ella le impedía ver más allá de las primeras filas. Se sentó al piano, respiró hondo y comenzó a cantar los temas pactados con su agente.

Pero al final de la actuación, se giró en el taburete y, centrando su mirada en el mar oscuro y anónimo de rostros, anunció:

–Esta canción es nueva. Es la primera vez que la canto.

Parpadeó para frenar las lágrimas que se habían agolpado repentinamente en sus ojos.

–Se titula *El amor al que tuve que renunciar.*

Cuando terminó la canción, el estruendo fue ensordecedor. Aiesha se levantó del piano e inclinó la cabeza. El público, en pie, la ovacionó tres veces. Mientras tocaba las últimas canciones se decía a sí misma: «Esto es lo que querías. Este es tu momento. Lo has deseado desde que tenías cinco años. Disfrútalo, por el amor de Dios».

Se suponía que era el triunfo de su vida. Pero mientras avanzaba entre bambalinas de camino al camerino se sentía vacía, como una globo desinflado en una fiesta infantil.

Kate entró mientras Aiesha se quitaba el maquillaje.

–Ha venido alguien a verte.

Aiesha echó la toallita facial usada a la papelera.

–Ya te dije que no voy a dar entrevistas.

–No es periodista –dijo Kate.

Aiesha se volvió para mirarla.

–¿Quién es?

–Soy yo –anunció James desde la puerta.

Aiesha tragó saliva y se llevó la mano al estómago.

–Esto... ¿nos puedes dejar solos un minuto, Kate? No tardaré.

–Claro –dijo Kate, sonriendo–. Encantada de conocerle, señor Challender.

–Lo mismo digo, Kate.

El silencio era tan ensordecedor como el aplauso de minutos antes.

Aiesha juntó los labios, buscando algo que decir.

–Deberías haberme avisado de que venías. Podría haberte dado una entrada gratuita.

Su mirada azul oscuro era impenetrable.

–Ya me conoces. No me importa pagar.

Sus mejillas todavía estaban cubiertas por una capa de polvos bronceadores, pero a pesar de eso, supuso que él se había dado cuenta de lo sonrojada que estaba.

–¿Qué te trae por aquí? ¿Tienes negocios en Berlín? Es una ciudad preciosa, ¿verdad? Siempre había querido venir. Es extraño, ahora que estoy aquí no puedo caminar tranquilamente por la calle sin pensar que alguien me podría reconocer por los carteles de la gira –estaba hablando demasiado, pero por lo menos llenaba el terrible silencio–. Supongo que es el precio que hay que pagar por la fama.

–¿Es como esperabas?

Ella forzó una sonrisa.

–No te puedes imaginar el dinero que hay en mi cuenta corriente. Por cierto, eso me recuerda que... –abrió un cajón y rebuscó en su bolso–. Aquí está, sabía que lo tenía por algún sitio –le tendió el anillo de compromiso en la palma extendida y forzó aún más la sonrisa–. Ahora puedo comprarme yo misma las joyas.

Él hizo caso omiso del anillo.

–¿Cómo estás?

–Yo, bien. ¿Y tú?

–He visto que tu padrastro ha vendido a los medios una sarta de mentiras.

–Sí, no me ha pillado desprevenida. Ahora tendrá lo

suficiente para abastecerse de alcohol, drogas y cigarrillos durante un par de años.

–¿Vas a hacer algo al respecto?

Ella se encogió de hombros.

–¿Qué voy a hacer? Espero que en un par de días la gente se olvide del asunto.

Él arrugó la frente.

–Pero podría dañar tu reputación. Acabas de empezar, y podría destruir aquello por lo que has luchado tanto.

Aiesha cerró los dedos en torno al anillo, sin notar cómo se le clavaba en la palma de la mano.

–No deberías estar aquí. La gente empezará a comentar.

–¿Y qué? Que comenten.

–Tu estudio se resentirá –dijo soltando el anillo en la mesa junto al kit de maquillaje y dándole la espalda para ordenar cuidadosamente los pinceles–. Tu reputación tiene mucho más que perder que la mía.

Él soltó una imprecación y le dio la vuelta, forzándola a mirarle.

–¿Por eso me dijiste esa tontería de que no me querías?

Aiesha miró sus ojos brillantes. Las lágrimas estaban a punto de asomar en los suyos.

–No me lo pongas más difícil. Yo no pertenezco a tu vida, a tu entorno. Te perjudicaría, James, lo estropearía todo.

Él la estrechó con fuerza entre sus brazos.

–¡Qué tonta eres! –le besó la cabeza, la cara, la barbilla y la nariz antes de darle un beso profundo en la boca. La apartó con los ojos humedecidos–. Esa canción... La cantabas para mí, ¿verdad? Yo soy el amor al que tuviste que renunciar.

Aiesha apenas podía hablar de la emoción.

–No quería hacerte daño; pensé que ya te había hecho suficiente. Renunciar a ti es lo más difícil que he tenido que hacer en la vida.

–Te amo –sus manos le agarraron los hombros con tanta fuerza que le hicieron daño, pero no le importó–. Te amo tanto... Ha sido muy difícil estar lejos de ti. Quería llamarte todos los días, para rogarte que volvieras conmigo.

–¿Por qué has venido ahora? –preguntó ella–. ¿Por qué no antes?

–Me enfadé por lo que pasó en París. Pero me negaba a dar el primer paso, a pesar de que no tardé en darme cuenta de que hiciste aquel comentario sobre ponerte en contacto con mi padre para que yo me apartara de ti.

–Lo lamento muchísimo; fue un comentario horrible –dijo con expresión arrepentida.

Él acunó su rostro entre las manos.

–Cuando leí el artículo esta mañana me puse enfermo. Me preocupaba que no hubiera nadie a tu lado para protegerte. Yo quiero ser esa persona, Aiesha. Quiero que te sientas segura, amada, aceptada. Formas parte de mí, y no sé funcionar si no te tengo a mi lado. Pregúntale a mi madre, que ha estado preocupadísima. No le puedes hacer esto. Tienes que casarte conmigo, de lo contrario, no volverá a dirigirme la palabra. Imagínate, le habrás costado un marido y un hijo.

Aiesha no pudo evitar sonreír. Sintió que algo dentro de su pecho se liberaba de sus ataduras.

–Si me lo pones así, no me quedará más remedio que aceptar.

Las manos de James apretaron sus hombros con fuerza.

—¿Lo dices en serio? ¿Te casarás conmigo?

Ella rio al ver su expresión de sorpresa.

—¿No me vas a pedir que te las diga?

—¿Que digas qué?

—Las dos palabras mágicas.

Él sonrió, abrazándola.

—Ya las oí la primera vez que las dijiste.

Aiesha arrugó la frente, sorprendida.

—¿Cuándo fue eso?

—Esta noche, en el escenario. Te giraste hacia el público y yo supe que me estabas hablando directamente a mí. Me puse a llorar como un niño mientras cantabas esa canción. Estaba allí sentado, rodeado de miles de personas, y de alguna manera sentí que era la única persona en el público.

Aiesha derramó unas lágrimas de felicidad.

—Eso es porque eres la única persona que me importa.

Sus ojos centellearon.

—¿Y mi dinero?

—Tengo el mío propio.

—¿Y mi madre? Ella te importa, ¿no?

Aiesha sintió que la recorría por dentro un cálido torrente de amor.

—Sabes que sí.

—¿Se lo has dicho alguna vez?

—No con esas palabras, pero creo que lo sabe.

Él le acarició las mejillas con los pulgares.

—Podrías llamarla y decírselas. Creo que le encantaría oírtelas decir. Es así de sentimental.

Aiesha le rodeó el cuello con los brazos.

—Quiero que las oigas tú primero. Nunca se las he dicho a nadie —lo miró a los ojos, sintió que el corazón iba a salírsele del pecho—. Te quiero.

Los ojos de James se humedecieron mientras tragaba saliva con dificultad.

—Yo también te quiero a ti. Muchísimo. Nunca creí que fuera posible amar tanto a otra persona. Te casarás conmigo, ¿verdad?

Ella le dedicó una sonrisa traviesa.

—Me pregunto si alguien ha aceptado alguna vez una propuesta de matrimonio en un camerino.

Él acercó la boca a un milímetro de la suya.

—Para todo hay una primera vez —dijo antes de besarla.

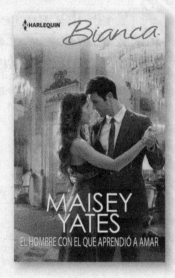

Acepte 2 de nuestras mejores novelas de amor GRATIS

¡Y reciba un regalo sorpresa!

Deseo

EN LA CAMA CON SU MEJOR AMIGO

PAULA ROE

Después de una noche de amor desatado, Marco Corelli se había convertido en alguien fundamental en la vida de Kat Jackson, porque estaba a punto de convertirse en el orgulloso padre de su hijo.

Kat no era capaz de entender cómo había podido acostarse con su mejor amigo. Siempre había logrado resistirse a sus innegables encantos, pero cuando la llevó a una isla privada para discutir el asunto, llegó la hora de enfrentarse con la verdad… que Marco y ella eran mucho más que amigos.

De amigos íntimos a amantes

¡YA EN TU PUNTO DE VENTA!

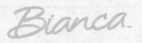

El remedio era... el matrimonio

Hannah Latimer, frívola y muy hermosa, había dejado su vida sofisticada para trabajar en una ONG y demostrar que servía para algo. Sin embargo, cayó presa de un régimen autoritario e intolerante y su única forma de escapar fue el poderoso y arrogante príncipe Kamel.

Kamel, obligado a casarse con Hannah para evitar una guerra con el país vecino, tenía poca paciencia con esa princesa mimada, pero era su deber y no podía dejarlo a un lado. No había amor entre ellos, pero sí tenía que haber un heredero... y habría pasión.

El príncipe heredero

Kim Lawrence